El intervalo

EL INTERVALO

AURELIO SERRANO

PLASSON & BARTLEBOOM

PRIMERA EDICIÓN: noviembre de 2025

© del texto, Aurelio Serrano, 2025
© Plasson e Bartleboom, S. L., 2025
Calle Aldea del Fresno 29, 6ºD
28045 Madrid

ISBN: 978-84-10483-32-3
DEPÓSITO LEGAL: M-22060-2025
CÓDIGO BIC: FA
DISEÑO DE COLECCIÓN: Daniel Mira
IMAGEN DE CUBIERTA: Wasitapril
IMAGEN DE AUTOR: Rafa Galán
MAQUETACIÓN: María O'Shea
CORRECCIÓN: Estela Gómez y Nacho del Arco
IMPRESIÓN: Kadmos

IMPRESO EN ESPAÑA - PRINTED IN SPAIN

Índice

A Martina, que no podrá leerla.
Y a Miriam, que lo hará por las dos.

Cada uno de nosotros comete en su vida un error mortal
y cuando nos damos cuenta, ya se ha producido lo irreparable.

AGOTA KRISTOF

Luego después está el tiempo.
El tiempo que media entre la llamada y el cuerpo.

MIGUEL ÁNGEL HERNÁNDEZ

[SIN TÍTULO]
Febrero 7, 2010
Publicado por 4N4

———

Cómo ha podido olvidarse de ti.

1

En algún momento entre viernes y sábado

Hay un fotomatón. Tiene corrida la cortina azul y por debajo asoman, balanceándose, los zapatos negros de la niña. El fotomatón, me digo, es como los de antes. De taburete a rosca y cajetín de secado; la cabina decorada con carnés y pasaportes de caras sonrientes y nombres inventados. De pronto, los zapatos se detienen bajo la cortina. Las piernas bajan y los talones se clavan en el suelo de chapa, con un golpe seco. Luego dan la vuelta tras la tela, haciendo que ondule. Adentro suena el chirrido del asiento, las piernas brincan y se recolocan de nuevo. Entonces hay un tintineo, después un roce de metal y las monedas van cayendo, una a una, en las tripas de la máquina.

El primer fogonazo, diría, coge a la niña desprevenida: las manos abiertas sobre los muslos, sus dedos tensos. Después los cruza. Los otros tres destellos se suceden en completa quietud; con ese sonido amortiguado del flash, como de golpeo a un almohadón.

Al cabo de unos segundos el fotomatón empieza a zumbar. Los zapatitos retoman su vaivén por debajo de la cortina y el aire se impregna con el olor del revelado.

La niña no sale. Yo tampoco descorro la tela azul. Quietos los dos. Como si fuéramos parte de una foto más grande y ninguno quisiera salir movido. Y así, parado junto a la cortina, me digo que hay algo viscoso en este instante. Algo de sustancias mezclándose, reaccionando. Una química sostenida que se rompe, de pronto, cuando la tira de fotos cae al cajetín y se enciende la luz roja, y la máquina comienza a escupir los vapores del secado con un ruido espantoso.

Minutos después cesa el estruendo y la luz se apaga.

Una manita asoma por la cortina. Con el dedo señala el cajetín, sin decir nada.

Meto la mano y agarro la tira de fotos por los bordes. Está húmeda y tiene las imágenes vueltas hacia adentro. La saco y la giro hacia mí.

Entonces las veo. Las cuatro fotografías.

Una debajo de otra.

En todas, sobre fondo blanco, la niña de flequillo negro que no tiene cara.

2

Sábado

Ya está aquí, el cabrón.

Como un grillo. Con su cricrí.

Porque, según yo, el mono de tabaco es como un grillo. Lo sé bien: treinta años fumando, desde los dieciséis; y en estos treinta lo habré dejado cuántas, ¿cuatro veces? En serio dos, diría, y de las dos esta es la que más. Por eso lo sé, que este mono es así, como un grillo. Porque llega de pronto, cricrí. Se te cruza. Igual hasta lleva un rato sonando, sin darte cuenta, hasta que sí, cricricrí. Y piensas: un grillo. Pero no uno en concreto, aún no. Todavía es más como la idea de un grillo, algo abstracto. Los primeros chirridos son así, pasan por delante y se van, y tú sigues. En tus cosas, a lo tuyo, hasta que vuelve, cricrí. Y ahí sí: estás jodido. Porque ya no es cualquier grillo. Es un grillo, ese grillo. Y todo tú te vuelves hacia él. Atento, escudriñando por si se va, y no; cricrí. Entonces lo ves. Con sus patas, sus antenas, frotando las alas, cricrí. Y lo que pasa es que ya no es un grillo. Ni siquiera es el grillo, es algo más: es tu grillo. Llenándolo todo. Como si no hubiera otra cosa en el mundo. Y os quedáis solos, tu grillo y tú; y te resulta imposible pensar en nada que no sea ya esa certeza.

Y eso.

Que el tabaco es igual, pero con cigarros en vez de grillos. Con su olor, su sabor, cricricrí.

Apuro el café y me levanto del sofá para abrir una de las ventanas de la terraza. A quince pisos de altura, febrero es implacable antes del amanecer. Esta madrugada, además, no hay luna ni estrellas. Solo la negra presencia del mar, los destellos de la ciudad al otro lado de la bahía, bajo la silueta del castillo, y este aire frío y salado que seca los ojos. Me asomo y busco algo en lo que fijar mi atención para olvidarme del tabaco. Lo que sea. Entonces lo veo, abajo. Un corredor solitario atraviesa el paseo marítimo con su perro. El animal lleva puesto un collar de esos fluorescentes y su cabeza salta, brillante y verde, cuando pasan por debajo de las farolas fundidas y se alejan por el malecón.

Cierro la ventana y me doy una ducha con la radio puesta. Una escritora a la que entrevistan cuenta que, para preparar sus personajes, identifica a cada uno con un animal. Cómo es, sus movimientos, la forma en que ocupa el espacio. Este un gato, aquel un chimpancé, la otra una lechuza. Me gusta la idea. Delante del espejo meto barriga y luego la suelto. Agarrándome los michelines y acercando la cara a mi reflejo me pregunto qué animal sería yo si ella me escribiera. No dudo un segundo: un buey. Los ojos separados, las espaldas anchas, la nariz rota del rugby; los veinte kilos de más por haberlo dejado de golpe con el menisco destrozado. Termino de secarme. Me visto y preparo la bolsa con mis cosas. Desde el pasillo doy un último repaso a la casa, volviendo la cabeza. Luces, enchufes, ventanas. Todo bien. Abro la puerta de la entrada y suena un golpe al otro lado del pasillo. Dejo la bolsa en el suelo y me asomo. La puerta de la habitación del fondo se ha vuelto a entreabrir. Enciendo el pasillo y lo atravieso, recordándome que cuando regrese tengo que desmontar el tirador y arreglarla de una vez. Al llegar al final agarro el pomo de la puerta, la abro y me asomo. El cuarto está a oscuras, las persianas bajadas. La luz a mis espaldas proyecta mi sombra sobre una de sus paredes verdes. De pronto siento frío. Esta parte de la casa está siempre helada, me digo, cerrando la puerta. Vuelvo a la entrada, compruebo que tengo en el bolsillo las llaves del coche y, ahora sí, me marcho.

Paro el motor delante de la casa y abro la guantera. Solía tener algún paquete de tabaco ahí. Por suerte ya no, supongo. Quito el móvil del soporte del salpicadero y en apenas unos segundos el parabrisas comienza a empañarse. Afuera, el sol aún no ha despuntado por la sierra. Los contornos de los jazmines de invierno que cuelgan a ambos lados del portón se difuminan tras el cristal, hasta no ser más que dos enormes manchas amarillas. Bajo del coche. La rodilla operada se me ha entumecido y sacudo la pierna derecha, golpeando con el pie en la acera, y una nube de vaho se forma delante de mí. Los perros ladran del otro lado del muro. Saben que he llegado.

Construida en la falda de la sierra, bajo el pinar y entre adelfas y coscojas, la casa de Dante y Germán es la última a la que puede llegarse en coche. Justo antes de la subida al mirador. Más arriba y en la otra cara del monte, los restos de un antiaéreo republicano dominan la ciudad frente al mar.

Saco mis cosas del maletero y llamo al telefonillo, alborotando aún más a los perros.

—¿Quién? —pregunta Germán.

—Quién va a ser —contesto.

La puerta zumba y se abre.

Cada sábado igual. Nueve años viniendo todas las semanas a ver a su hijo, y Germán siempre pregunta. Luego abre la puerta de fuera y se queda esperando. Espera a que yo entre y salude a los perros, cruce después el descuidado jardín con ellos jugando entre mis piernas, bordee la piscina, ahora cubierta con una lona llena de hojas secas, y llame al timbre de dentro. Solo entonces, Germán me abre la puerta de la casa.

—¿Qué? —dice, al verme la cara—. Me gusta que suene. Ya lo sabes.

Germán se apoya en el marco de la puerta, respirando con dificultad y lanzándome su olor a tabaco. Al verle así recuerdo a la escritora de la radio y el padre de Dante, de pronto, me parece un perro de esos, un bóxer. Robusto, de patas cortas y pecho ancho. La cabeza cuadrada y grande, las mejillas descolgadas y los ojos diminutos y negros. Hasta respira como ellos: boqueando y haciendo ruido, como si siempre tuviera flato y todo le quedara lejos.

—Cada vez llegas más tarde —me dice, jadeando.

—No es verdad —contesto—. Lo que pasa es que tú cada vez te quieres ir antes.

—Puede ser, je —dice—. Cojo la chaqueta y me voy. No tardo nada.

Germán se pierde por el pasillo, donde espera ya su bolsa.

Mientras, saco el móvil del bolsillo. Miro el temporizador. Cincuenta minutos y trece segundos hasta la siguiente pastilla. Todavía. Abro entonces la aplicación que calcula los cigarrillos que he dejado de fumar, cuánto llevo ahorrado y hasta los días de vida que he ganado. Pocos me parecen, para lo largo que se me está haciendo.

Al fondo de la casa se oye a Germán despedirse de su hijo. A voces, con ese canturreo suyo cuando habla a Dante en valenciano.

—*M'en vaig, xiquet. Fins demá.*

Con la bolsa y sus cosas en la mano, Germán sale al porche, la chaqueta bajo el brazo. Al bajar el primer escalón se detiene, rebuscando en sus bolsillos. Refunfuña. Suelta la bolsa y la abre en el suelo, revuelve en su interior.

—*Las claus* —dice, la muda esparcida por el piso—. Me cago en mi estampa.

Bufando, desaparece pasillo adentro. Al poco se oye un abrir y cerrar de cajones, seguido del revuelo de cosas que caen, ruedan y son recogidas. Un portazo, luego un silencio y una palmada. Germán hace ruido hasta cuando no está. Entre resoplidos, regresa a la entrada y me guiña un ojo, sonriendo con sus dientes amarillos. Entonces entorna la puerta y echa mano a la cerradura. Las llaves tintinean, puestas por dentro.

Le ayudo a meter de nuevo la ropa en la bolsa, mientras bromeamos sobre su memoria. La cierra y nos despedimos, pero antes de bajar al jardín, Germán se vuelve hacia mí.

—¿Te quieres ir de una puta vez? —le digo.

—¿Sigues sin fumar?

—Pensaba que no te ibas a acordar —contesto—. Veinte días hoy.

—*Res de res?* —dice acercándose, como si me olfateara—. *Molt bé.* Un día de estos me animo yo, je —añade, y saca una cajetilla de la chaqueta—. ¿Te importa?

Sin dejarme contestar se enciende un cigarro. Las caladas de Germán son largas y seguidas, ansiosas. Cricrí. Bastan dos para que nos separe una densa cortina blanca.

—No me has preguntado por él —dice. Y tiene razón.

—¿Cómo está?

—Ahora mejor —contesta—, pero ayer tuvo un mal día.

Un mal día para Dante es un infierno para los demás.

—¿Por las úlceras? —le digo.

—No —dice—. Bueno, eso también.

Germán me cuenta que la de la pierna la tiene fatal, que huele que tira de espaldas. Del asco se me pasan las ganas de fumar.

—De todas formas —dice—, lo peor no fue eso.

—¿No?

—No.

Me quedo esperando a que me diga, pero el padre de Dante calla y da otra calada.

—¿Qué pasó?

—Que te cuente él —dice, el humo por la nariz—. Que yo aún tengo mal cuerpo.

Luego apura el cigarro. Antes de alcanzar el cenicero que hay en la albardilla de la ventana, se le cae la ceniza sobre los zapatos.

—Ah —dice, sacudiendo los pies—. Ya sabes: el gel de desbridar está en el baño, donde siempre. Vigila la tensión. Si se dispara, la crema, pero ponte los guantes, no seas animal; que mira cómo se te quedaron los dedos la otra vez. Y con lo que sea, me llamas.

—No te voy a llamar —le digo—. Lárgate y descansa.

Germán agarra sus cosas, baja por la rampa y se despide de mí hasta la mañana siguiente. Después sale disparado por la puerta, los perros gimoteando junto a ella.

La distancia va apagando el ruido de su coche y el jardín vuelve a la calma de un sábado tan temprano. Cojo la bolsa, respiro hondo y me vuelvo hacia la casa.

Entonces, la presión en el pecho.

Al poco, las ganas de fumar. Todo junto.

Saco el móvil: cuarenta y seis minutos y medio para la pastilla. Cricrí. Cuatrocientos ocho cigarros no fumados, cricricrí.

El plan B, me digo. Cierro los ojos y empiezo a contar, respirando despacio:

Título uno, el homicidio y sus formas...

Título dos, el aborto...
Título tres, las lesiones... Inspiro...
Título cuatro, las lesiones al feto... Expiro...
Título cinco, la manipulación genética... ¿Sí...?
Abro un ojo. Luego el otro, y sí.
El grillo se fue.

El chalé son dos cubos simétricos de hormigón, acero corten y cristal, comunicados en la planta baja por un rectángulo revestido de listones de madera y un pequeño porche en la entrada que da al jardín delantero. El cubo de la derecha es el de Dante, el izquierdo de Germán; abajo, lo común. Por detrás, el jardín es el doble de grande y un pino de tronco delgado se retuerce y eleva, abriendo su copa sobre la casa como dos manos ahuecadas. Más allá, el sol empieza a rebasar la sierra, remodelando con su luz el volumen de las cosas. Dos cernícalos cruzan por delante de la fachada. Zigzaguean y se pierden después por los acantilados, lanzando su chillido contra las rocas.

Entro y dejo mis cosas en el butacón del recibidor. A mi derecha, la mañana se vierte dorada por el tragaluz y los ventanales de las escaleras que comunican con esa parte de la casa. Paso al salón y veo que Germán ha dejado puestos unos troncos en la chimenea, listos para encender. Enfrente, las cristaleras se abren al jardín, donde los perros duermen al sol, junto al pino.

Regreso a la entrada. En las escaleras compruebo que el elevador está arriba, así que Dante aún no ha bajado. Subo por ellas y de pronto la casa huele. Me sucede en todas partes, desde que dejé de fumar: voy olfateando sin darme cuenta y me detengo, igual que un perro. Abriendo las aletas de la nariz como si todo fuera nuevo y tuviera que poner olor a las cosas. Hoy huelo a

23

Dante antes incluso de llegar al piso de arriba. A botiquín y a su aceite de almendras dulces.

Desde el pasillo me asomo al estudio. Tiene las persianas bajadas, pero no del todo, y la luz se cuela por sus ranuras en finos haces que se desvanecen antes de llegar al suelo. Enfrente está su dormitorio, cerrado. Llamo con los nudillos y no responde. Al abrir, la corriente de la terraza me obliga a empujar la puerta y las cortinas ondulan al otro lado del cuarto. En el sillón hay una almohada y una manta doblada y me digo que Germán ha pasado la noche junto a la cama de su hijo. Cruzo la habitación y salgo. Dante está afuera, al sol. De espaldas y vuelto hacia la sierra. Mirándola como siempre. Al oírme salir, acciona el motor de la silla de ruedas, girándose hacia mí.

Dante se ve pequeño en la silla, porque todo le viene grande. Ancha la bata azul, holgadas las perneras del pijama. Como sin carne adentro. Solo una cosa se ajusta a él: sus patucos. Acolchados en los talones y abiertos en el empeine, los dedos asomando, huesudos y retorcidos. En la atrofia de Dante hay una especie de violencia a la luz de la mañana, en sus claroscuros. Los codos doblados, las muñecas vueltas. Como si cada articulación en su cuerpo estuviera girada hacia donde no es. Una fiereza que a Dante, en cambio, se le acaba en los ojos: redondos y verdes, como dos charcas escondidas tras el flequillo quebradizo.

—Pensaba —dice, con esa pausa suya— que mi padre no se iba a ir nunca.

—Es pronto —le digo—. Tenemos todo el día.

—Y mucho por hacer.

Después mueve hacia mí la silla de ruedas, manejando con la barbilla el mando colocado a la altura del mentón.

—Alexa —dice Dante al altavoz—: pon el último de Hermanos Gutiérrez.

El bafle contesta obediente y un par de segundos después dos guitarras comienzan a trenzar acordes. Sonando a frontera y a desierto, a nubes arreboladas.

Durante unos minutos nos quedamos mirando la mañana romper sobre la sierra. Los ruidos de las casas colindantes se van imponiendo a los sonidos que bajan de los roquedos, mezclándose con la música del altavoz. Arriba, las higuerillas brillan hinchadas y rojas, y una bandada de gorriones sobrevuela el pinar, dispersándose después entre los tomillares y lentiscos.

—¿Empezamos? —dice Dante.

—Voy a prepararlo y te aviso.

—Mejor aquí fuera —dice—. Hoy esta puta casa se me cae encima.

3

Sábado todavía

La cuchilla salta sobre la piel de Dante, cortándole el pómulo. Su cara se contrae y él aspira un quejido entre dientes.

—¿Qué cojones te pasa hoy? —dice—. Ya van dos.

Levanto la hoja y en su mejilla aparece una línea de color rojo. Al poco, en la línea se forma un punto que crece hasta convertirse en una gota. La sangre resbala entonces y desaparece entre la espuma, tiñéndola.

—Es por la luz —le miento, señalando al sol con la punta de la navaja—. Estoy acostumbrado a la del baño.

La cara de Dante no es fácil de afeitar, aunque me la sepa como un mapa. No solo por las cicatrices del accidente, también por las marcas de acné. Con todo, hacía tiempo que no le cortaba dos veces.

—¿La luz? —dice—. Pues si aquí me vas a degollar, entramos.

—No me des ideas.

Dejo la navaja y cojo la piedra de alumbre. La humedezco y se la paso por el corte en la mejilla. Dante sisea de escozor. Cuando deja de sangrar agarro de nuevo la navaja, como me enseñó German. Sin cogerla por el mango. Colocando primero el pulgar en el borde de la espiga, justo antes de la hoja. Después, los demás dedos en el lado opuesto, menos el meñique, que se apoya en la cola. Limpio entonces la hoja y continúo. Con dos dedos de la mano izquierda levanto la punta de su nariz y rasuro, debajo, la carne tirante. Desde el septum y hacia la comisura de la boca. Al principio con el pico del filo, después aplanando la hoja conforme bajo al labio. El sonido áspero de la navaja deslizándose sobre la piel vuelve a mezclarse con las guitarras, que siguen en el altavoz.

—Me da envidia —dice Dante, aprovechando que separo la hoja de su cara para limpiarla de nuevo.

—¿El qué?

—El bigote. Te queda bien.

Me acuerdo de cuando se lo dejó él. Aquellos cuatro pelos. Se lo digo, nos reímos.

—¿Estábamos aún en Peláez? —pregunta.

Le digo que no, que yo ya estaba por mi cuenta. Que haría un año, más o menos. Vuelvo a enjuagar la hoja, me cambio de lado y le afeito la otra mitad debajo de la nariz. Al retirar la espuma, asoma la cicatriz que parte en dos el labio superior de Dante.

—Si quieres, la semana que viene no te lo afeito —le propongo—. Y en un mes nos echamos unas risas.

—Está bien —dice—. Un sitio menos donde cortarme.

Un latigazo de viento agita la copa del pino sobre la casa, haciendo caer a la terraza un puñado de acículas secas. Una de ellas se engancha en el pelo de Dante. La retiro con los dedos y le recoloco hacia un lado el flequillo castaño.

Al pasar la mano por delante de sus ojos, Dante se queda mirando el tatuaje de mi muñeca.

—Tú dirás lo que quieras —dice—, pero eso me sigue pareciendo una ficha de dominó. O algo así.

—Algo así —le digo.

—¿No me lo vas a decir nunca?

Al preguntarlo, Dante me busca de reojo detrás de él. Cojo el paño, limpio la navaja y la vuelvo a acercar a su rostro, debajo de la nariz.

—No hables ahora —le digo.

Con el extremo de la hoja repaso el filtrum de arriba a abajo. Antes de afeitar a Dante yo no sabía que esa parte de la cara se llama así: filtrum. El surco que va de la nariz al labio. Ahí fue donde le corté la primera vez. Él se quejó, yo me disculpé y los dos nos dimos cuenta de que no teníamos ni idea de cómo se llamaba esa hendidura que no paraba de sangrar. Entonces lo busqué en el móvil. Ahora, la mano me sigue temblando cuando le afeito ahí, pero al menos le ponemos nombre mientras los dos aguantamos la respiración.

Una vez que he terminado esa parte, me cambio de lado otra vez. Marco la patilla izquierda con el filo, apoyo dos dedos de la otra mano bajo el lóbulo de su oreja y atiranto la piel hacia afuera. Con firmeza, apuro hasta la mandíbula, en la dirección del vello.

—Tus manos —dice—. Siguen sin oler a tabaco.

Me pregunta cómo lo llevo. Le digo que bien.

—O sea —dice—, que me haces caso.

Le contesto que sí. Que cuando tengo muchas ganas repaso mentalmente algo, como me dijo. Contando despacio, respirando. Hasta que se van.

—¿Y qué repasas? —dice.

—El Libro Segundo del Código Penal.

Dante se ríe. Le parece muy oportuno, «considerando las circunstancias».

—No tiene gracia —le digo—. Deberíamos practicar.

—No empieces.

—Por lo menos una vez —insisto—. Que la voy a cagar, joder. Que a la primera es imposible no dejar marca.

—Que no —dice—. Mi padre se daría cuenta.

—No, si lo hago bien.

Dante vuelve a buscarme de reojo y nuestras miradas se encuentran.

—Lo harás bien cuando toque —dice—. Y si no, pues ya sabes.

Doy una pasada rápida con la navaja pómulo abajo y pienso que claro, cabrón. Claro que lo sé. Por eso mismo. Porque no es lo que hablamos y me van a pillar. De pronto, el salto en la cuchilla. Otra vez.

—Se puede saber —grita— qué cojones te pasa.

—Nada —contesto, cogiendo de nuevo la piedra de alumbre.

—Pues para no ser nada, me estás desollando. Así que dime, de una puta vez, qué te pasa.

Entonces se lo digo. Que Tomás me escribió el otro día.

—¿Tomás? —pregunta—. ¿El padre de Ana?

Le digo que sí, y él quiere saber por qué.

—Su mujer —digo—. Se ha muerto.

El corte en la cara de Dante sigue sangrando. Humedezco un poco más el alumbre y se lo vuelvo a pasar por la herida.

—Pobre hombre —dice—. Primero su hija y ahora esto.

Retiro la piedra de su piel. Ya no sangra. Pongo entonces más crema de afeitar en el cuenco de madera.

—¿Y tú? —me dice—. ¿Cómo estás?

Con movimientos circulares de la brocha en el cuenco voy haciendo más espuma para darle la segunda pasada.

—Yo estoy bien, Dante —le miento—. Yo estoy bien.

No quiero que sepa que, desde el mensaje de Tomás, he vuelto a soñar con la niña.

El pájaro ha bajado desde la sierra, se ha posado en la barandilla de la terraza y ha empezado a cantar.

—Es una collalba —dice Dante al sol, la cara tapada por una toalla húmeda.

Miro al ave y me fijo en las plumas de su cola, como me enseñó él. En las coberteras y rectrices: blancas, menos en los extremos, que son negros.

—¿Tengo razón? —pregunta.

Retiro la toalla para que lo compruebe.

Cojo el frasco de bálsamo y me echo en las manos. Froto una contra otra y me las llevo a la nariz. Huele a menta, sobre todo. Con unas palmadas se lo voy poniendo a Dante en la cara.

—¿Me vas a contar lo que pasó ayer o qué? —le digo.

—Mi padre es imbécil.

—Tranquilo, que no me ha dicho nada. Solo que tuviste un mal día. Y que, si quiero saber, te lo pregunte.

—Olvídalo —dice, buscándome con los ojos detrás de él.

Nuestras miradas se encuentran y le digo que no porque, si le pasa hoy otra vez, qué.

—Que lo dejes —insiste.

—O me lo cuentas —le digo— o cancelo lo de esta noche.

—Eres un hijo de puta.

No le replico. En vez de eso, comienzo a recoger las cosas de afeitar. Antes de guardar la navaja, le pongo el aceite a la hoja. Todo en silencio, despacio. Que note que estoy esperando.

—¿Tú te acuerdas de aquella noche? —dice al fin, la voz agria.

—¿Cuál?

—Cuál va a ser. La de la cocina.

Joder.

Esa noche.

Cuando casi no llegué. Porque yo, hasta entonces, solo sabía lo que me había explicado Germán: los pasos a seguir, el ordenado simulacro. Aquella noche en la cocina, sin embargo, el caos me pasó por encima. Ese que reina cuando a alguien, delante de ti, se le va la vida por los ojos.

—Ya sabes cómo empieza —me dice—, que parece que no es nada.

Y sí, lo sé. El comienzo y lo de después.

Porque yo al principio no estaba, pero luego Dante me contó. Cuando recobró el conocimiento. Desnudo en la silla de ruedas, la ropa por el suelo y empapado de sudor.

Aterrado.

Empieza en la cabeza, me dijo. Un dolor que palpita aquí, en las sienes. Y te notas no sé: inquieto, con un nervio raro y ese calor en las mejillas, como encendidas de pronto, me dijo, ardiendo. Y rompes a sudar. A chorros. Cayendo por la frente, hacia los ojos, metiéndose en ellos, escociéndote. Y no puedes hacer nada, solo pestañear, y te agobias; y cada pestañeo es peor, porque el sudor se te va metiendo más y más, hasta que empiezas a ver borroso y no sabes. No sabes si ves mal por el sudor o es que te falla la vista, y el agobio crece y se convierte en angustia, porque sucede que tu cuerpo no es tuyo, no lo controlas. La cabeza y ¿qué más?, la lengua, sí, y los labios también, un poco los hombros, los ojos. Y si los ojos te fallan, ¿qué?, me dijo, ¿qué te queda?

Y te preguntas qué será, por qué, hasta que viene el temblor y dices ya está, ahora sí. Porque si tiemblas, no hay otra: es la tensión, y eso, pues es más chungo. Te agarra el frío, el sudor se hiela, la saliva se espesa, y ese hormigueo extraño, por dentro, como si te inflaran las venas con un hinchador, flop, flop, flop, y te fueras quedando sin espacio adentro, hasta casi estallar.

Porque el asunto, me dijo Dante, es ese: si algo va mal, tu cuerpo hace dos cosas. Primera, ponerse alerta, reaccionar. Muy rápido. Dilatas las pupilas, sudas, bombeas más sangre, y la tensión sube. Un acelerón. Tu cuerpo aullando, como una ambulancia. Segunda cosa, echar el freno, contrarrestar. También rápido, para no pasarse. Bombeas menos, dilatas venas y eso. Un frenazo. La tensión baja y ya, todo okey, ¿sí? Pues no. Porque tienes, me dijo, dos problemas. Uno: si estás roto, como yo, no frenas. Solo aceleras. Cada vez más, sin curvas, todo tieso. ¿Y qué sucede? Que la tensión se dispara y ahí sí, dijo, estás jodido. Y mucho. Porque no hay tiempo, porque te vas rápido y porque tienes que buscar. A toda hostia. ¿El qué? Pues obvio: lo que está mal, lo que duele; eso que hace que tu cuerpo se dispare, pero el qué. Y ahí tienes, me dijo, el problema dos: que tu cuerpo no siente, y como no siente, pues no avisa. No dice me duele esto, y tú lo dices y te lo arreglan. No. No te enteras. Nadie se entera. Y si nadie se entera, nadie hace nada. Se deja estar, aunque sí pase. Porque la causa está, y sigue, y la tensión a lo suyo: sube, acelera, chilla. Se te lleva por delante. Y en ese momento, me dijo, pasa lo más raro. ¿Sabes qué? Que oyes el miedo, ahí fuera. Entre sudores, temblando y sin apenas ver, pero lo oyes. Justo delante.

Vuestro miedo, me dijo Dante.

El de mi padre, el tuyo. A no ser capaces de pararlo. A que me vaya.

Y empezáis entonces. Los pasos. Aprisa, por orden.

Paso uno, la crema de nitroglicerina; de cuello para arriba, con guantes. Importantes los guantes.

Y si no, el paso dos, la ropa; aflojarla, quitarla, revisar úlceras, uñas, algo. Si es eso, se acabó. El susto, y ya.

Y si no, dijo Dante, desnudo en la silla de ruedas. Los ojos muy abiertos, la piel brillante por el sudor.

Si no es eso, ¿qué?

Si no es eso, es por dentro, me dije, después de desnudarle.

El paso tres: la sonda.

Y ahí sí, a correr de verdad. Porque se muere.

Agarrando el tubo, embadurnándolo de lidocaína, abriéndole a Dante las piernas en la silla de ruedas. Cogiendo su pene y metiéndole la sonda por la punta. Empujando, hurgando en la uretra, entrando en él hasta que el esfínter hace tope. Ese clac de carne blanda que resiste, que no cede y me obliga a apretar, aunque le reviente por dentro; urgido por las sacudidas y los ojos en blanco y las manos de muerto, y algo crujiendo al fin, venciéndose adentro, y la sonda pasando y siguiendo, y la orina entonces. A borbotones.

Porque era eso: la puta vejiga a reventar.

Dante se vació. Dejó de temblar y a su cuerpo se le apagaron los ronquidos y los pitos, y todo fue regresando a su sitio. Lento, pero volviendo.

Y ahí lo vi.

En la cocina, cuando las cosas se detuvieron. Él desnudo en la silla, desvencijado, la sonda entre las piernas. Yo sentado en el suelo.

Lo vi en sus ojos. Aquel espanto.

Esa noche me fumé media cajetilla. Encendiendo el siguiente con el anterior.

Ojalá una calada ahora. Profunda, lenta, cricrí.

—O me quitas esto, o cojo una pulmonía —dice Dante, con la toalla en la cara.

Sus palabras me devuelven a la terraza.

34

Me levanto de la silla y le retiro la toalla, helada ya.

—Te acuerdas, ¿no? —dice, los ojos aún cerrados.

—Sí.

—Pues ayer fue como entonces —dice—, pero peor.

Entonces me doy cuenta. Joder.

—No fue la vejiga —le digo.

—No.

El cuarto paso. El último, mientras viene la ambulancia.

—¿Entiendes? —dice, abriendo los ojos verdes.

El mismo espanto en ellos.

—Sí —le digo.

Cómo no voy a entender.

Yo tampoco querría contarlo, si mi padre me hubiera tenido que sacar las heces con la mano.

El disco terminó hace rato y el altavoz va tirando de algoritmo.

Me gusta lo que suena, aunque no sé lo que es. Dante tampoco y le pregunta al bafle. Eels, contesta la voz, deteniendo la canción. El título, *Mistakes of My Youth*.

—¿Tú dirías que nos conocemos bien? —dice Dante, mientras se reanuda el tema.

—¿A qué viene eso?

—Nada. Algo que leí —dice—. Que conoces a alguien de verdad cuando sabes de lo que se arrepiente.

Cojo las cosas del afeitado y las llevo al aseo que hay junto a su dormitorio. Después regreso a la terraza.

—¿Y bien? —me dice, nada más salir.

—¿Me estás preguntando de qué me arrepiento?

—No —responde—. Más divertido. Quiero que adivines de qué me arrepiento más. Y yo haré lo mismo contigo.

Le digo si no se cansa nunca de estos juegos. Dante se ríe.

—Tienes una semana para pensarlo —dice—. El sábado que viene te pregunto.

—Está bien —contesto, dando la vuelta a la silla de ruedas para llevarlo a su cuarto.

Total, me digo, es imposible que Dante sepa de qué me arrepiento más.

Los últimos rayos del sol se descuelgan por la sierra, y borran de las rocas a su paso las sombras de los árboles.

En el cielo, los naranjas se van amoratando y los pájaros que dormitaban en los despeñaderos rompen a volar. Dispersos durante unos instantes, hasta que se reagrupan en dos bandadas y desaparecen, ciudad adentro.

Cojo el café de la mesita de la terraza. La pantalla del móvil está encendida, pero se apaga al momento. Dejo la taza y levanto el teléfono.

«Tomás Ana. Llamada perdida».

Las tripas me dan un vuelco. Como en los baches de las carreteras de antes, cuando subías y bajabas, y el estómago se te quedaba arriba, un segundo más que el resto del cuerpo, antes de volver a su sitio con un tirón.

También aparece el grillo. Cricrí, cricrí.

Cierro los ojos. Respiro y repaso. Título uno, el homicidio y sus formas, Título dos, el aborto. Entonces lo pienso: será un error. Eso es. Tomás habrá llamado por error. Me convenzo de ello y vuelvo a dejar el móvil en la mesa. Cojo la taza. El café está helado, pero lo apuro de todas formas. Entretanto, las farolas se encienden más allá de los muros de la parcela y bajo su luz da comienzo la lenta transformación del jardín.

—Alexa —le digo al altavoz—: pon *Hurt*, de Johnny Cash. Me levanto de la tumbona con la capucha de la sudadera puesta. Punteo al aire los primeros acordes de guitarra y mis labios silabean los versos del comienzo, y la voz de Cash suena como si el sol se pusiera otra vez. Me retiro la capucha y el frío envuelve mi cabeza. Inspiro la humedad hasta donde me dan los pulmones. Me lleno de ella y siento apagarse en mi interior los rescoldos del día, al tiempo que busco olores a mi alrededor. Esta vez no identifico ninguno, pero caigo en la cuenta de que debí tomarme la pastilla hace una hora y no me he acordado. No lo llevas tan mal, pienso, mientras abro la puerta de la terraza para pasar al dormitorio de Dante.

En la penumbra, su cuerpo retorcido despunta bajo la colcha como una cordillera negra. Rodeo la cama y me quedo un momento a sus pies. Escuchando lo que queda de él cuando duerme, ese áspero y ronco batallar.

Las ruedas de la grúa chirrían cuando la acerco a la cama, pero no se despierta. Con cuidado, voy preparando los correajes para levantar a Dante del colchón y sentarle en la silla.

—Arriba —le digo, inclinándome sobre él—. Hay que ponerte guapo.

4

Más sábado

—No lo entiendo —me dice Dante, rodeando el sofá del salón con la silla de ruedas—. No entiendo que Lola no te haya avisado.

—Ni yo —le digo.

La verdad, no me lo explico. Ni un mensaje de Lola, ni un audio. Nada.

—Al menos podría cogértelo —añade—. Que sabrá que la llamas al ver el percal.

—Perdona —dice la chica pelirroja desde el sofá—. ¿El percal soy yo?

—Tú no te metas, que no va contigo —le dice Dante, parándose detrás del respaldo.

La chica todavía lleva el abrigo puesto, el bolso en las rodillas. Es mucho más joven que Lola, flaquísima, y todo flequillo y pecas. Sus dedos, huesudos y largos, no dejan de jugar con el vapeador que ha sacado de un bolsillo.

—Llámales a ver —me dice Dante, ignorándola.

—No —le digo—. Si Lola no ha venido, ella sabrá.

—Pues les llamo yo —dice, y activa con la barbilla el menú de la tablet instalada en su silla de ruedas.

Suena el tono para llamar y le digo que yo no llamaría a la asociación, salvo que quiera que Lola tenga, por su culpa, otra movida con ellos.

Dante cuelga.

—No me digas que aquello fue cosa tuya —dice la chica pelirroja, girándose hacia él. Luego se lleva el vapeador a la boca y da una calada, y la calada hace whjooooo, como suenan esos chismes alargados y finos. Al verla pienso en el grillo.

—Tu nombre era... —le digo.

Ella se vuelve hacia mí y suelta el vapor por la nariz, mirándome con esos ojos negros que no piden permiso. Una densa nuble blanca se forma entre nosotros, sobre la mesita de cristal que separa el sofá y mi sillón.

—Rosario —dice, y me llega el olor de su vapeo.

Un olor a fresa, rojo como sus cabellos.

—Rosario —le digo—, ¿por qué no ha venido Lola?

—No sé. Movidas suyas.

Rosario se echa hacia adelante, deja el bolso en la mesita y se pone de pie. Luego desabrocha su abrigo y se lo quita, dejándolo en un brazo del sofá. Viste un jersey ancho de punto blanco y vaqueros ajustados, que acentúan su delgadez. Cuando se sienta de nuevo, subiéndose las mangas y cruzando las piernas, la abertura asimétrica del jersey deja a la vista un hombro anguloso, una clavícula marcada y profunda, y la certeza de que en su cuerpo hay pecas por todas partes.

Entonces Rosario nos explica que Lola solo la ha llamado, le ha preguntado si la podía cubrir esta noche, y le ha dado el sitio y la hora. Nada más.

—Vamos, que me ha pasado el marrón —añade.

—¿El marrón soy yo? —dice Dante, tras el sofá.

—Eso depende —dice ella.

—¿De qué?

—De si yo soy el percal —responde, y da otra calada: whjooooo.

Dante me mira y sonríe.

—Me gusta esta tía —dice—. Ojalá sea así para todo.

—No te equivoques —dice Rosario—. Yo no soy Lola.

—¿No? —dice Dante, acercando la silla al sofá.

—No. Yo no funciono igual.

—¿Y cómo funcionas?

—Pues de otra forma —contesta ella—. Que ya sabes cómo va esto, ¿no? Tú me cuentas, yo te cuento. Y entonces, pues vemos.

—Ya —dice Dante—, pero es que yo no quiero ver. Yo quiero a Lola. Que ya sabe.

—Uy —dice ella—. Hablando de Lola.

Se incorpora y coge el bolso de la mesita de delante. Mientras la veo trastear en su interior, encorvada, pienso en la escritora de la radio, pero no se me ocurre qué animal podría ser Rosario.

Del bolso saca un monedero azul. Lo abre y de su interior extrae un pollo de droga.

—Lola me ha dicho que os traiga esto —dice—. Que invita ella, por el cambio de planes.

—Hombre —sonríe Dante—. Qué detalle.

Rosario deja el bolso en la mesa y le quita el alambre a la papelina. Luego ahueca la mano y la pone dentro. Entonces se chupa el dedo índice y lo mete.

—Por estas cosas tiene Lola las movidas —dice, hurgando con el dedo en la bolsita—. Pero mira, ella sabrá.

Después se levanta, saca el dedo impregnado en cristal de éxtasis y lo lleva a la boca de Dante.

—Estaba equivocado —dice él, relamiéndose.

—¿Sobre qué? —dice ella.

—Pensaba que sabrías como tu vapeo: a fresa.

No puedo evitar la carcajada. Es perro viejo, el cabrón.

Un atisbo de rubor asoma entre las pecas de Rosario cuando en mi teléfono suena el temporizador.

—¿Seguimos? —le digo a Dante.

—Claro.

—Pues venga —le digo, poniéndome de pie—. Uno más.

Cojo la jarra de agua de la mesa. Vuelvo a llenar el vaso de plástico hasta la línea que tiene pintada con rotulador y se lo acerco a Dante, la pajita dentro. Los ojos negros de Rosario siguen mis manos con atención. Dante va sorbiendo, despacio, pero se atraganta y tose, mientras el agua se le sale por la nariz y la boca. Joder, me digo. Cada vez le cuesta más. Le limpio con la servilleta, esperamos un poco y con mucho cuidado termina de beber.

Dejo el vaso en la mesa y le pregunto a Rosario si Lola le ha explicado. Ella contesta que no, que ya nos ha dicho que Lola no le ha contado nada.

—Pues estamos bien —dice Dante.

—¿Ese vaso era el último? —pregunta Rosario, de pie junto al sofá.

—¿Qué? —le digo.

—El vaso de tu amigo. Que si era el último o todavía se tiene que beber alguno más.

Dante y yo nos miramos. Rosario mete el dedo en la bolsita y lo vuelve a sacar impregnado. Me lo ofrece y lo rechazo con un gesto de la mano. No quiero colocarme con una desconocida. Entonces ella se chupa el dedo, coge el alambre de la mesa y cierra la papelina dándole varias vueltas. Luego se recoloca el jersey, se sienta de nuevo en el sofá cruzando las piernas y estira los brazos sobre el respaldo, como ocupándolo definitivamente.

—A ver —le dice a Dante—: manejas la silla de ruedas con la barbilla. O sea, que la cabeza y el cuello los mueves. Los hombros no sé, no te he visto hacerlo, pero pongamos que sí. Y bueno, más cosas: no necesitas respirador, pero bebes con pajita y apenas puedes tragar. Entonces —dice—, tu lesión es en la C4 o C5. Si apostamos, la C5.

Dante y yo nos volvemos a mirar.

—Y esa rigidez —sigue diciendo, mientras señala a Dante con la boquilla del vapeador—: brazos pegados al tronco, antebrazos pronados con rotación interna y codos y muñecas flexionados. Los dedos en garra, los pulgares hacia adentro. ¿Has empezado ya con el baclofeno?

Dante no pestañea.

—Sí —respondo yo—. Hace unos meses.

—Pues eso —dice Rosario, volviéndose a Dante—. Erección espontánea. Que solo te empalmas con la vejiga muy llena. Tu amigo primero te sonda y después te va dando, ¿cuántos? ¿Tres vasos de agua, cuatro? Porque lo tenéis medido, ¿sí? De ahí la marca pintada. Y luego esperáis un rato. Controlando la tensión, no vaya a ser. Hasta que se te pone dura. Entonces —le dice—, Lola te hace lo suyo. Te corres si puedes, tu vejiga se relaja y fin, te meas encima.

Durante unos segundos solo se oye el vapeo de Rosario.

—¿Qué te parece? —me dice Dante—. Lola ha mandado una experta.

Rosario deja una nube de vapor delante de sus ojos y la deshace soplando despacio al centro. Su cuerpo parece de repente menos menudo en el sofá, sus cabellos más rojos, y el salón se llena de un silencio como de conquista.

Entonces le digo que sí, que el de antes era el último vaso. Ella da otra calada, guarda la droga en el bolso y deja el vapeador en la mesa que hay delante del sofá.

—¿Qué falta? —pregunta—. ¿Diez minutos?

—Como mucho —le digo.

Rosario se lleva las manos a la nuca y comienza a cogerse una coleta, dando dos vueltas a la goma que tiene en la muñeca. Al ver las venas marcándose en sus antebrazos pecosos se me ocurre una idea. Tan absurda que me encanta, y la guardo para luego.

—¿Qué hay de beber? —nos pregunta, soltando la coleta, que se balancea por detrás de su cabeza.

Le pregunto qué quiere y voy a la cocina. Cuando vuelvo con los vasos, Dante y ella están callados. Él me mira, el destello en los ojos. Dejo mi whisky en la mesa y le doy a Rosario el gin-tonic. Ella da un trago.

—A todo esto —me dice—: ¿tú te vas o te quedas?

Entonces lo veo claro.

Si fuera un animal, Rosario sería uno peligroso.

Los troncos crepitan en la chimenea y las sombras se agitan en las paredes del dormitorio con un temblor anaranjado.

—O sea —dice Rosario, descalza, a los pies de la cama—: tú lo que quieres es que te haga lo mismo que Lola.

Dante asiente boca arriba en el colchón, la voz pastosa, colocado. Desnudo, salvo los patucos ortopédicos. Su cuerpo deformado se refleja en el inmenso espejo de pie que hay junto a la cama. Está erecto.

—¿Sabes cuál es la diferencia entre Lola y yo? —dice Rosario.

Él no responde. Ella se quita el jersey y lo deja sobre la cómoda, una camiseta de tirantes blanca y holgada debajo. Después comienza a andar alrededor de la cama. Cuando pasa por delante de mi butaca aparto las piernas y me fijo en que las uñas de sus pies están pintadas de verde.

—La diferencia —dice— es que yo puedo hacer de Lola mejor que Lola, pero ella no sabe hacer de Rosario.

Dante la sigue con la mirada y, cuando queda fuera de su ángulo de visión, la busca en el espejo.

—Entonces —le dice ella, desde el reflejo—, te propongo un trato.

—¿Un trato?

—Sí, un trato. Me vas a dejar ser Rosario un ratito, ¿sí? No mucho —añade—. Lo justo.

—¿Y?

—Que tú me vas a hacer caso. Y si lo haces —le dice—, seré Lola.

—¿Hasta el final? —pregunta él.

—Hasta el final.

—Okey.

Dante cierra los ojos.

—No —dice Rosario, sentándose a su lado en la cama—. Quiero que mires.

Y lo dice de una manera que no deja opción. Haciendo que al calor de la chimenea todo desaparezca en el cuarto menos ella, sus ojos centelleantes y los cabellos como incendiados.

Rosario coge entonces la mano derecha de Dante, siempre cerrada, espástica, el pulgar agarrado por dentro. Entre las amables manos de ella, el puño velludo de él se ve casi violento. Tan diferentes que parecen partes distintas del cuerpo.

Con dos dedos, Rosario estira el pulgar de Dante hasta liberarlo. Después lo masajea despacio, en pequeños círculos, desde la base hasta la yema. Abriendo y cerrando el dedo, una vez y otra vez; con dificultad al principio, más fácil después, hasta que al cabo de unos minutos el pulgar de Dante se mantiene estirado cuando ella lo suelta.

—Si quisiera esto llamaría a mi fisio —dice él.

—¿No teníamos un trato? —dice ella—. Pues a callar.

Durante largo rato, continúa abriéndole los demás dedos de la mano derecha. Uno a uno, por orden. Repitiendo los masajes y estiramientos, con la paciencia de quien tiene un método. Rosario emplea un cuidado casi fervoroso. Evita rozar las heridas que a Dante le hacen en la palma sus propias uñas, y cada poco regresa a los dedos que ya estaban abiertos para que no se cierren de nuevo. Todo, sin dejar de preguntarle si está bien, si le duele; de decirle en voz baja que siga mirando detenidamente los movimientos de sus dedos.

Los susurros de Rosario recorren mi espalda hasta prender como un fósforo, consumiendo el oxígeno a mi alrededor y obligándome a respirar por la boca.

Cuando termina de abrirle la mano y estirar su muñeca, Rosario se pone de pie, pegada al colchón, el espejo al otro lado. Después acerca a su cuerpo la mano abierta de Dante y se la coloca bajo su propia axila, atrapándola entre el costado y su brazo.

—Eso también me lo hace el fisio —dice Dante.

Ella se lleva un dedo a los labios y él obedece, sin disimular su impaciencia.

Entonces Rosario empieza a rotarle el hombro. Adelante y atrás, arriba y abajo; despacio, hablándole, queriendo saber lo que siente en cada momento. Ajustando los movimientos a sus respuestas. Retrocediendo si le duele y avanzando si no. De dentro hacia afuera siempre. Abriendo el arco de la articulación hasta que, minutos después, puede estirar el brazo de Dante hasta tocar su cabeza con la punta de los dedos.

En el codo, en cambio, no tiene tanta suerte. A Dante le duele mucho y Rosario apenas puede movilizarlo.

—Suficiente —dice ella.

—Menos mal —dice él—. O me meo encima.

Rosario deja sobre su regazo la mano de Dante. Luego ella se lleva el dedo índice a su propia clavícula izquierda y comienza a recorrerla muy despacio, acariciando la pronunciada fosa que el hueso abre en la carne, hasta que la yema del dedo se encuentra con el tirante de la camiseta. Entonces lo desliza por debajo. Levanta después el tirante y estira de él hacia afuera, haciendo que resbale y caiga por su brazo con un suave golpe de hombro que arrastra la prenda hacia abajo, hasta la cintura.

Una sacudida me recorre en la butaca, como si toda la desnudez cupiera en ese gesto. A la luz del fuego, el cuerpo flaco de Rosario parece un rayo de cobre.

En su pezón izquierdo brilla un piercing de aro, los pechos menudos, apenas la areola y el esternón. Tan llenos de pecas como el resto de su cuerpo.

—¿Hace cuánto que no te tocas? —pregunta Rosario a Dante.

—¿Qué? —dice él, abriendo mucho los ojos.

La leña cruje en la chimenea y uno de los troncos se parte en dos. Las brasas estallan en una nube de chispas que rebotan contra la rejilla y avivan el fuego. El cuarto se tiñe de un fugaz destello rojo. Por unos instantes, las pecas de Rosario parecen alborotarse en su piel, como si rompieran a hervir.

Cuando cesa el resplandor, Rosario vuelve a coger la mano de Dante y la lleva hasta el pecho de este, y allí hace que él mismo se acaricie un pezón con sus propios dedos. Al verse haciéndolo en el espejo, Dante se sobresalta y resopla. Ella susurra calma con dulzura. Durante unos minutos, Rosario guía la mano de él por entre el vello de su pecho para que se roce con las uñas y las yemas de los dedos. Con torpeza, casi a saltos. Después le va dirigiendo hacia abajo, por el vientre deformado y blando, despacio. Muy despacio.

—Esto no te lo hace el fisio —dice Rosario.

Dante no responde. Solo sigue en el espejo el movimiento de las manos de ambos por su propio cuerpo, la respiración entrecortada.

Entonces los dedos agarrotados alcanzan su pene. Él agita la cabeza sobre el colchón, los ojos clavados en el reflejo. Rosario acerca el rostro, entreabre los labios y deja caer un hilo de saliva sobre la mano de Dante. Luego baja con ella el prepucio para lubricarlo. Bastan unos pocos roces más para que la respiración de él se haga pesada. Entonces resuella, estira la barbilla y los tendones de su cuello se tensan. Segundos después, la vejiga de Dante se vacía con violencia, esparciendo el semen y su orina por todas partes.

Dante jadea y los troncos chasquean en la chimenea. Por lo demás, el cuarto queda en silencio.

—Tramposa —le acaba diciendo a Rosario, sin aire aún.

Ella se pone de pie, empapada, y se saca la camiseta con cuidado.

—De trampas nada —responde—. Hasta el final.

Después se da la vuelta y va hacia el baño contiguo. La sigo con la mirada. Los vaqueros manchados, la camiseta en la mano, su coleta roja oscilando en la nuca con la cadencia que marcan sus pasos. Y me fijo en su espalda, desnuda y pálida. Dividida por una marcada línea de la columna, que Rosario tiene ligeramente desviada a la izquierda.

Al llegar al interruptor del aseo, se detiene y su silueta se recorta contra la luz. Después se pierde tras la puerta, llevándose con ella el calor y las llamas de sus cabellos. Junto a la cama, el espejo se ve vacío sin el reflejo de su cuerpo.

Al rato, Rosario regresa con una toalla de mano, dejando el baño encendido.

Sin levantarme de la butaca, la observo secar a Dante a contraluz, desnuda y fascinante; y me digo que sí, que tenía razón. Puede hacer de Lola mejor que Lola, sin dejar de ser Rosario. Me acuerdo entonces de aquella novela de Mairal. Cuando se pregunta cómo explicar al lector el atractivo de alguien, su magnetismo. Esa chispa deslumbrante que obsesiona al narrador. Y viendo así a Rosario, con la luz temblorosa del fuego sobre su rostro, pienso que si me preguntaran cuál es su gracia, la razón de mi arrebato, diría sin dudar que es ese hoyuelo que se le forma, cuando sonríe, junto a la boca.

—Setenta —dice Rosario junto al sofá, una vuelta más al bajo de los vaqueros.

La ropa de Dante no le queda mal. Está igual de flaca que él, pero es mucho más baja. Con esa sudadera y el pelo mojado, parece aún más joven.

—¿Solo setenta? —le pregunto.

—No podemos cobrar más —dice—. Ya lo sabes.

—¿Y el resto?

—El resto es cosa de Lola —responde—. Así que se lo das el próximo día, con mi ropa seca. Ella os devolverá esta.

—¿No vas a volver?

Saco la cartera y le tiendo el dinero.

—No sé —contesta—. ¿Tú qué crees?

Le digo que, si hubiera una votación, Dante diría que sí y Lola que no.

Rosario guarda los billetes en su bolso y se detiene, rebuscando en su interior. Coge el vapeador y se lo lleva a la boca.

—¿Tú no votas? —dice, mirándome por encima de la boquilla. En ese momento me doy cuenta de que sus pestañas también son rojas.

—A Lola no le gustará —le digo.

Rosario sonríe, el hoyuelo otra vez junto a su boca.

Luego se agacha y coge de la alfombra las zapatillas que traía puestas. Sentada en el sofá me dice si le pido un taxi. Llamo mientras se calza. Tardará unos quince minutos y le ofrezco un café. Lo acepta, me dice cómo lo quiere y se abrocha la segunda zapatilla.

Cuando regreso de la cocina sigue en el sofá, incorporada hacia la mesa de cristal. Sobre ella hay un botecito de plástico destapado. Rosario abre el depósito del vapeador, deslizando la boquilla hacia un lado, y coge el bote. Introduce con cuidado su extremo en el tanque y lo aprieta. Todo muy cerca de la cara, como si echase en falta unas gafas. El bote se vacía con un silbido agudo y burbujea después. El trajín de sus manos venosas me recuerda la idea de antes. Esa tan absurda.

Y por qué no, me digo.

—¿Te interesa un extra? —le pregunto.

—No hago extras.

—Ya, pero no es lo que piensas —contesto, y le explico lo de las agujas.

Un poco por encima, que tampoco hay que asustarla.

Ella me mira y levanta una ceja.

—Ya —digo—. Suena muy loco.

—Ah —dice—, que va en serio.

—Sí. Necesito practicar.

Rosario guarda el botecito en el bolso y cierra el depósito del vapeador. Lo enciende, pulsa el botón un par de veces más para que entre el líquido y da una calada.

—¿Entonces? —le pregunto.

—Entonces lo pienso —dice, el vapor por la nariz—. Y con lo que sea, pues te digo.

MIEDO
Julio 4, 2008
Publicado por 4N4

———

Desde entonces tengo miedo. Mucho miedo. A todas horas, por todo.

Miedo a despertar y a no despertar. A que también nos pase algo.

Miedo a salir. Al ascensor. A que se abra y haya un vecino. A que pregunte, a esa mirada.

Miedo a que se hable de ti y a que no se hable.

Miedo a que el tiempo no pase, a que no se me olvide. A que pase y a olvidarte.

Miedo a la puerta de tu cuarto. A que esté abierta y verlo por dentro.

5

Domingo

No me hace falta abrir los ojos para saber que no estoy en mi cama. La almohada de Germán huele a tabaco incluso con las sábanas limpias. Tampoco tengo que coger el teléfono para saber qué hora es. Las 2:42 de la mañana. Me doy la vuelta en el colchón, incorporándome, y apoyo la espalda en el cabecero. Envuelto en el nórdico miro hacia la terraza. Sobre la sierra apenas quedan unas hebras de las nubes que cubrían el cielo cuando me acosté. Ahora, en cambio, la luna patrulla los cerros, llenando de luz las cosas. Todo parece aguantar la respiración. También yo. Como si la madrugada fuera un interrogatorio y estar despierto la confesión.

De repente se oye un grillo. No es el mío, me digo, y pienso si esos grillos serán los grillos de otros y si las noches suenan, entonces, a ansiedad y escalofrío.

Agarro el móvil de la mesilla. Lo giro hacia mí y se desbloquea pese a la oscuridad. Después me incorporo aún más, hasta sentarme en el colchón con las piernas cruzadas. Cojo la almohada y la pongo sobre mis rodillas, apoyando los brazos en ella. No sé estar sentado sin algo blando en el regazo, un cojín, un almohadón, lo que sea. Como fortificarme un poco.

Luego dejo el teléfono en la almohada, abro el WhatsApp y entro en el chat con Ana.

Con el dedo pulso el icono del micrófono, lo deslizo hacia arriba y lo suelto, poniendo en marcha la grabación.

—He vuelto a soñar con ella —le digo, acercándome el móvil. Y le cuento. Lo del fotomatón y eso, y le doy a enviar.

Al poco suena un grillo. Este sí, me digo. El mío. Cricrí. Aquí dentro.

Media docena de vueltas más en la cama me convencen. Estoy desvelado.

Tumbado boca arriba invoco las manos de Rosario en casa de Dante, junto al fuego. Busco sus pecas, el gesto aquel del tirante. Sus susurros recorriéndome, como la yema de un dedo. Y busco sobre todo el hoyuelo junto a su boca. La busco entera entre mis piernas. Una erección que me salve de lo que habita el insomnio, que me libre.

Una erección que, sin embargo, no llega.

Dejándome otra vez a merced de las bestias.

El despertar es lo peor.

Siempre antes del amanecer. Mucho antes. Como si el cuerpo de Dante cayera cada noche a un pozo y el alba fuera el rescate.

Algunos días, el ruido del motor de la grúa tirando de los correajes y levantándolo de la cama oculta su llanto. Otros no. Otros como hoy duele demasiado y lloramos juntos.

Dante ha vuelto a dormirse en la silla de ruedas, después de curarle las úlceras. La cocina apenas huele ya a café y afuera las farolas manchan de luz la niebla negra. El microondas pita y saco la taza, que me calienta las manos. Me siento y cabeceo. No logro saber si volví a dormirme tras mandarle el audio a Ana o me quedé en un duermevela. Solo tengo esta percepción de tiempo raro, confuso, que no me sacudo de encima. Como de reloj de arena. Donde todo va lento hasta que de pronto se precipita, escurriéndose, justo antes de detenerse.

—Qué cosa ayer, ¿eh? —dice Dante, despertándome.

—¿El qué?

—Tocarme —contesta, los ojos cerrados—. Tanto después.

—Ya. Nunca es tarde.

—Te equivocas —dice, abriendo un ojo—. No cambia nada.

Y cerrándolos de nuevo, añade:

—Ya te gustaría.

Desayunamos por segunda vez y vemos una película en el salón. Estoy cansado de musicales, pero no se lo digo. Hay algo analgésico para él en Gene Kelly, en los colores del cinemascope, en los vestidos pastel de *Siete novias para siete hermanos*. Apago el proyector, recojo la pantalla y levanto las persianas. Tras los cristales no queda rastro de la niebla y la mañana me deslumbra.

Salimos al jardín trasero por la terraza. El día es frío y luminoso, con esa claridad blanca de febrero. Dante conduce la silla hasta la parcela de sol que se cuela entre la sierra y la copa del pino. Los perros aparecen y se le acercan. Dan varias vueltas alrededor de él y los acaricia, hasta que se tumban a su lado, también al sol. Cojo una tumbona y la coloco junto a ellos. Después le pongo a Dante el gorro de lana y me siento, y ambos en silencio nos dejamos calentar por los rayos, cerrando los ojos y sintiendo la luz a través de los párpados.

—Te ha gustado, ¿eh? —me pregunta.

—La hemos visto mil veces.

—La película no —dice—. La Rosario.

—No digas tonterías.

—Ya —me dice—, pero si te la tiras me lo cuentas.

Me despierta el motor del coche de Germán entrando al garaje. Las nubes tapan el sol y estoy helado en la tumbona. Miro a mi alrededor. Dante no está.

Entro en la casa frotándome las manos y sacudiendo la pierna de la rodilla mala, que se me engancha del frío. Por el hueco de la escalera baja el ruido del motor de la silla de ruedas, así que Dante está arriba.

Cuando salgo al jardín delantero, los perros celebran la llegada de Germán, brincando y enredándose entre sus piernas. Le digo que entre en la casa, que hace frío. En vez de eso, saca el tabaco del abrigo y se enciende un pitillo. Me ofrece otro. Antes de que le diga nada se da cuenta y me pide perdón. Luego lo guarda, arrebujándose en las solapas del chaquetón.

—¿Te contó lo del otro día? —dice.

—Sí.

Germán da varias caladas seguidas y con dos dedos lanza contra el suelo el medio cigarro que aún le queda, que estalla sobre las baldosas haciendo saltar las brasillas.

—Faltó poco, ¿sabes? —añade.

Coge aire y pisa la colilla. Agarra sus cosas, entra en la casa, el humo tras de sí. Enseguida se le oye hablar a Dante, con ese canturreo suyo.

Acaricio la cabeza a los perros, que se han quedado con ganas de Germán. Cojo mi bolsa, lista ya en la entrada, cruzo el jardín acompañado por los animales y salgo a la calle.

El sol empieza a sacudirse las nubes y los cristales de los coches, rebosantes de rocío, son una tentación para escribir con el dedo. Al pasar junto al mío, aparcado frente a la casa, voy dibujando una línea a lo largo de las ventanillas. Las gotas que se forman chorrean hacia abajo y las borro con la mano. El frío en los dedos me estremece.

Arranco el motor y pongo la calefacción, dirigiendo la salida de aire al parabrisas. Luego coloco el teléfono en el soporte del salpicadero. El calor y el ruido me amodorran. Antes de subir a casa, me digo, pararé en La Gallina a por un café. Meto primera y suena un mensaje en el móvil. Lo desbloqueo.

Es Rosario.

Dice: «Tengo una duda. Para el miércoles».

No va a venir, pienso, y escribo: «Dime».

No contesta.

Al poco sale escribiendo, y los tres puntitos, adelante y atrás, adelante y atrás. Luego se para.

Habrá borrado, me digo, pero vuelve a escribir, y los puntitos. Se para otra vez y escribe, se para y escribe, se para; las pausas cada vez más espaciadas.

Escribo: «Llama».

Rosario deja de estar en línea, pero el teléfono no suena.

Ya está, pienso. Se asustó. Normal, y me pregunto si yo, en su lugar, aceptaría. Entonces entra la llamada.

—Si me dejas marca, ¿qué? —dice.

—Pues —dudo—, te puedo dar más.

—Ya —dice, y se calla, como pensando—. ¿Pero tú esto lo has hecho antes?

—No. Ya te dije que no.

—Así que no sabes.

—¿El qué? —le digo.

—Eso —dice—. Si deja mucha marca.

—No, no lo sé.

Silencio otra vez. Largo.

No sabe cómo decir que no.

—Entonces quinientos —dice al fin—. Y si me queda marca, mil más.

A La Gallina hay que venir en invierno a estas horas.

Un rato antes de que abra. Cuando el sol ya cubre la playa, pero la arena todavía está fría bajo las sillas del chiringuito.

Me siento en la mesa que está más cerca del mar y entierro los pies en ella, escarbando con los dedos. Y me quedo allí, sintiendo el frío subirme por las piernas mientras junto a la orilla tres chavales vuelan una cometa de largos flecos azules y blancos, y una solitaria tabla de pádel surf se adentra más allá de las boyas. Minutos después, San enciende la cafetera y la camarera nueva comienza a organizar las tazas y cucharillas, que tintinean al otro lado de la barra.

San es de Águilas, tendrá unos sesenta y se llama Vicente. No sabe por qué le llaman San. Siempre, me dijo, le han llamado así. ¿Sam?, le dije, ¿como el de Casablanca? No, con ene, dijo. Como un santo.

—¿Uno? —me pregunta desde la barra.

Uno es un asiático. El chiringuito de San es el único sitio de esta ciudad donde saben hacerlo. Sin esperar a que le conteste comienza a prepararlo, con esas manos suyas, ásperas y secas, de esparto.

El ruido de la molienda del café espanta a dos gaviotas que dormitaban en la pérgola de madera. La brisa balancea las lámparas de rafia que cuelgan de sus listones y el olor a cafetera, cricrí, me invita a un cigarro que no llevo. En la radio dan las señales horarias. Luego suenan los Second. Aquella canción en inglés. Antes de que yo termine de echar cuentas lo dice la locutora: hace dieciséis años.

—¿Te he contado alguna vez lo mío con este disco? —le digo a San.

—No me suena, nene —contesta, echando el licor al café.

—Pues sale tu pueblo.

San abre el frasco de la canela, espolvorea el vaso y le coloca la corteza de limón. Después sale de la barra. Se pone su sombrero de paja y viene a la mesa con el asiático en la mano. Lo deja, agarra una silla y le da la vuelta.

—A ver —me dice, y se sienta al revés. Apoyando su pecho en el respaldo, sobre el que cruza los brazos negros del sol.

Le recuerdo, porque eso sí se lo he contado, que mi novia de la facultad también era de Águilas. Y un verano, le digo, me llevó a un bar de allí, a un concierto.

—¿A qué bar? —me interrumpe.

—Yo qué sé a qué bar, San. Hace veinte años.

—¿Por dónde estaba?

Me invento que por la Glorieta, para que se calle. Haciendo esquina.

—El Yesterday —dice.

Le pregunto si puedo seguir y él asiente.

Entonces le cuento que los que tocaban eran de Murcia. Unos chavales.

—Los de la radio —vuelve a cortarme.

—¿Me vas a dejar?

San hace el gesto de la cremallera en la boca.

Doy un sorbo al asiático y le explico que cuando llegué me di cuenta de que el guitarra era uno de mi colegio. Total, que hablamos después del concierto, les ayudamos a recoger las cosas y nos tomamos una. Éramos cuatro gatos y aquello era pequeño.

—Entonces no era el Yesterday —dice.

—El caso —sigo— es que nunca más.

—Hasta que...

—Exacto —le digo—. Hasta que un día, viviendo aquí ya, leo que un grupo de Murcia había ganado un concurso de bandas, en Londres. ¿Y a qué no sabes quién estaba en la foto?

—El de tu colegio.

—Ese mismo —le digo, señalando a San con la cucharilla.

Y aquello, le cuento, me da un pellizco por dentro. Ese que te dan las cosas de casa cuando estás fuera. Entonces, busqué el disco del grupo y me lo bajé del Emule.

—¿De dónde? —dice.

—Da igual. El asunto es que lo grabé en un cedé y salía con él.

—Con el disco.

—Sí, con el disco.

Cuando salía por el barrio, le explico, me lo echaba al bolsillo. Y garito al que íbamos, disyóquey al que le daba la brasa más grande para que lo pusiera.

—¿Y lo pusieron?

—Solo uno —contesto—. El de Confetti.

San se descojona.

—Ríete —le digo—, pero lo pinchó.

Y siguió poniéndolo, hasta que no hizo falta que se lo pidiera. Yo de todas formas seguí saliendo durante un tiempo con aquel disco en la chaqueta, porque era como llevar un pedazo de mi tierra en el bolsillo.

La camarera nueva llama a San. Los primeros clientes esperan tras la cadena en la pasarela de madera para acceder a la terraza del chiringuito.

—¿Sabes una cosa? —me dice, levantándose y dejando la silla en su sitio.

—Dime.

—Que lo mismo el concierto fue en el Malibú.

Le mando a la mierda y se va a la barra riendo, con mi vaso vacío en la mano. Después cruza la terraza y retira la cadena. Los clientes van llenando las mesas. La arena se calienta y huele a salitre y pan tostado. Yo me quedo sentado viendo el trajín. Recordando aquella noche en Confetti. Porque después de que el disyóquey pusiera por primera vez la canción, también pasó que Ana y yo nos conocimos.

Pues no, me digo. No llamó por error.

Si Tomás me hubiera llamado ayer por error, no lo estaría haciendo otra vez. Y sin embargo aquí está, en la pantalla: Tomás Ana.

Me levanto y camino entre las mesas del chiringuito. No lo puedo evitar. Siempre me pongo de pie para hablar por teléfono. Sea quien sea, pero con él, más aún. Corro sillas, me aparto y echo a andar por la arena, descalzo, las zapatillas olvidadas bajo la silla.

Tomás Ana. Tanto después.

A ver por qué, me digo. Si ya se murieron.

Descuelgo. Como si supiera qué decirle. Como sin este descoserme, y no.

—¿Sí? —digo al fin.

—Oye —dice.

Y los veo en su voz. Aquellos dientes separados y grandes, bajo el espeso bigote negro.

—Te llamé ayer —añade.

—Lo vi —respondo—. Pero me dije, ya sabes.

—Ya.

—Que volverías a llamar, si eso.

—Ya —repite—. Dudé.

—Supongo.

Le pregunto cómo está, mientras con el pie juego en la arena, de puro nervio, con una bola seca de posidonia.

Dice que bueno, que ahí va, y yo que claro, que normal.

—¿Y tus hermanos? —digo.

—Los que quedan —dice—, bien.

En su voz parpadean de pronto los ojos de Ana. Solo un instante. Azules, como los de Tomás.

—¿Tú qué? —pregunta.

—¿Yo? Ahí voy.

—Ya.

Entonces se calla y hago lo mismo. Un poco por ver. Supongo que él también me oye respirar al otro lado.

—Escucha —dice—: te llamo porque tengo algo para ti.

—¿Qué? —pregunto, parándome en la arena. Muy quieto.

—Que cuando vuelva del pueblo te aviso y pasas por casa.

—¿Para mí? —le digo, con retardo.

—Sí —dice—. Para ti. Una cosa de la niña.

LOS OTROS COLORES
Agosto 23, 2009
Publicado por 4N4

———————

Hace tiempo que no escribo. Ya sabes. El trabajo, el día a día. Me centro en eso, trato de seguir. Hoy, sin embargo, ha pasado algo que te quiero contar.

Hoy he vuelto a escuchar música.

Desde entonces no podía. Ninguna canción. Ni en casa, ni en el coche. Nada. No lo soportaba. La que fuera, daba igual. Mi vida en silencio. Es curioso. Las primeras semanas fueron como ver en blanco y negro. Pero los colores volvieron. Despacio, pero regresaron. No sé. En dos meses, quizá tres. La música no. La música tardó más. Año y medio.

Hasta hoy.

Estaba en el coche, en un semáforo. Y de pronto, la necesidad. Le he dado al cedé y ha sonado. Lo que había puesto. Sin mirarlo.

Esto.

https://www.youtube.com/watch?v=ha-kGH3AXSA

Second – Behind the Pose

Y he cantado hasta llorar:

«It wouldn't be the same without your presence.
I don't really want to be without your presence.
Cause I'm used to... I'm used to you, and I can't stop».

Así que vengo a contarte eso. Que hoy me volvieron los otros colores.

Los que se escuchan.

6

Lunes

En la pantalla del pasillo, mi juicio de las diez pasa de «En hora» a «Retrasado». Miro el reloj. Las once menos cinco. Juzgados como aeropuertos, me digo.

—Voy a echar uno —dice Vero, haciendo el gesto de llevarse dos dedos a la boca—. Tú te quedas, ¿no?

Le digo que sí. Ella se alegra de que aguante y va hacia la puerta con el otro procurador. Como tengo tiempo, subo a Instrucción Dos. Al pasar por el tramo de escaleras entre el segundo piso y el tercero, veo que han puesto un macetero con una enorme monstera. El pinchazo es inmediato. En el hueco de la escalera de casa de los padres de Ana había una planta igual, con sus hojas en forma de corazón, brillantes y grandes. Me acuerdo entonces de la última vez que fui a aquella casa. Estaba su madre. Fue ella quien me llamó para que fuera. Recuerdo también las flores púrpuras de los jacarandás cubriendo las aceras al llegar, y a la madre de Ana esperándome sentada en la pérgola del jardín. Seguirla luego escaleras arriba, pasar junto a la monstera; pensar mientras subíamos que esa mujer parecía, con el luto y las canas, el negativo de sí misma.

En el tercer piso voy al mostrador del juzgado. Pregunto por mis detenidos. La funcionaria me pide los nombres, consulta el ordenador y llama a un compañero que, al fondo, levanta la cabeza. Es muy joven, rapado y con barba. Se habrá incorporado hace poco porque no le conozco. Me dice que a los detenidos acaba de traerlos la Guardia Civil, pero que no me puede dar el atestado porque lo tiene la jueza; que ya me avisará. Le digo que tengo una vista abajo y me dice que esto va para largo.

—¿Cómo de largo? —pregunto.

—Usted y yo cenamos hoy aquí.

El funcionario sonríe enseñando su ortodoncia y unas enormes encías, vuelve a su mesa y su cabeza sin pelo desaparece tras el monitor. En el bolsillo me suena el teléfono.

Es Vero, que baje.

Termino las conclusiones. Miro el móvil y no me han llamado de arriba. Salimos. Vero me recuerda que hoy vence el recurso para Instancia Cuatro.

—No apures plazo —dice—, que me quiero ir pronto a casa.

Le digo que descuide, que miro una cosa arriba y se lo mando.

Subo y vuelven los recuerdos al pasar por la monstera. Cada escalón aquí es un peldaño allí, en aquella casa. Subiendo detrás de la madre de Ana, viendo aplastadas en las suelas de sus zapatos las flores violáceas de los jacarandás. Llegar a la entrada a su dormitorio. Esperar en la puerta, rodeado de fotos, a que saliera.

Ahora el mostrador del juzgado está lleno. Me hago un hueco entre la gente y busco a mi funcionario, sin éxito. Su puesto está vacío. Los demás no levantan la cabeza de sus monitores. Sin cruce de miradas no hay pregunta, es de primero de funcionario. Al cabo de un rato, sale del despacho de la jueza con una pila de folios en las manos. Se le nota que no esperaba encontrarse con mis ojos. De todas formas, sonríe, mostrando la ortodoncia, deja la mitad de los papeles en su mesa y se acerca al mostrador con el resto.

—Toma —me dice—. Para que te entretengas de momento.

—¿De momento? —le digo, sopesando el tocho.

—El resto tiene que verlo primero el fiscal.

Bajo a las dependencias del colegio de abogados en el segundo piso, evitando mirar la planta. En el cuarto que hace las veces de biblioteca, copistería y sala de togas, pongo a cargar el móvil y me siento a leer, aunque me cuesta. Qué carajo tendrás para mí, Tomás.

Trece robos con fuerza en las cosas, varios en vivienda habitada, y falta medio atestado. Contra uno de mis detenidos no tienen nada. Al otro lo mandan a prisión sin fianza sí o sí. Una de las casas desvalijadas tenía una cámara en el cuarto del bebé y el imbécil iba a cara descubierta. Un fenómeno. Le pongo la goma al atestado y subo a por el resto, esta vez en ascensor. Luego bajo a calabozos a ver qué me cuentan.

El fenómeno dice que no ha hecho nada.

Le explico que solo va a contestar a mis preguntas y le doy las respuestas.

Se lo llevan cabizbajo. Al poco me traen al otro. Un colombiano negro tan alto que tiene que agacharse para no darse con el marco de la puerta. Le cuento que contra él no hay nada, pero como la jueza haga un dos por uno se va también para adentro. Preparamos lo suyo y al terminar me da el número de su mujer.

—Por si no salgo —me dice.

Cuando subo del sótano y recupero la cobertura empiezan a pitar las notificaciones en el móvil. Tres llamadas de Vero, un mensaje suyo: «Manda el recurso!!!».

Miro el reloj. Las dos y veintinueve. Mierda. Vence en media hora y no lo tengo hecho.

El ascensor está ocupado, así que subo por las escaleras a las dependencias del colegio de abogados. La rodilla mala empieza a resentirse. Al pasar junto al macetero se me juntan los recuerdos con las prisas y una descarga de mono me traspasa. Cricricrí.

El correo con el recurso para Vero sale a y cincuenta y dos. Ella lo presenta a y cincuenta y seis. Los cuatro minutos que sobran los dedica a acordarse de mis muertos.

Cuando llego a la cafetería de abajo ya está cerrada. Junto a las escaleras, en la máquina de vending, me encuentro al funcionario del aparato en los dientes. Está sacando un sándwich.

—Sólo queda de atún —me dice, señalando el cristal de la máquina. Luego sonríe con sus grandes encías y se pierde escalones arriba, haciendo ruido con el envoltorio de su comida.

Echo las monedas. Cojo una bolsa de almendras tostadas y una chocolatina, y regreso al pasillo de las salas de vistas, vacío, las pantallas apagadas. De todas las sillas, elijo una desde la que se ve el hueco de las escaleras. Dejo mis cosas y me siento a comer, mirando las hojas de la monstera que asoman por el tercer piso, mientras repaso los años con Ana y me pregunto cómo de absurda era la probabilidad de que alguien pusiera una planta como esa en estos malditos juzgados.

Está anocheciendo cuando entro en la sala multiusos del juzgado de guardia para la comparecencia del 505.

El funcionario avisa a la jueza por teléfono. Ella le dice algo, él asiente y cuelga. Luego llama al calabozo y dice que suban a los dos detenidos. Pues ya está, me digo. No hay nada que hacer. Un dos por uno. Cuando esta jueza tiene dudas, pide que los suban por separado. Miro al fiscal y sonríe. El cabrón sabe tan bien como yo que se van los dos para adentro.

Llegan engrilletados por delante y en apenas veinte minutos los guardias civiles les pasan las esposas a la espalda para llevárselos. Justo antes de salir, el colombiano se gira y me dice que no me olvide de llamar a su mujer.

Las luces de la oficina judicial se reflejan en los ventanales que dan a la calle, mezclándose con los edificios iluminados al otro lado del cristal.

—Al final cenamos en casa —dice alguien a mis espaldas.

Me doy la vuelta y el funcionario está asomado al mostrador, con su sonrisa de alambres. No queda nadie más.

—Sí —contesto.

Me acerco al mostrador y me da los autos de prisión provisional, que guardo en el maletín con el resto de las copias.

—La próxima guardia —le digo— tráigase la comida.

El funcionario vuelve al despacho de la jueza y apaga la luz.

Antes de coger mis cosas llamo a la mujer del colombiano. Un operador automático me dice que el número marcado está apagado o fuera de cobertura. Guardo el teléfono y voy a las escaleras. Al pasar junto a la monstera cojo el tallo de una de sus hojas y lo troncho apretando con el pulgar. La savia pegajosa impregna mis dedos y juego con ella unos instantes, haciendo círculos con las yemas. Luego acelero el paso hasta llegar a la planta baja, huyendo del recuerdo de aquella última vez en casa de los padres de Ana. Cuando bajé las escaleras solo, minutos después de haberlas subido con su madre, convencido de que jamás volvería a pisar esa casa.

DOS CUARENTA Y DOS
Noviembre 15, 2008
Publicado por 4N4

———————

Hoy he llorado en el súper, en la cola de la carne.
He cogido número, lo he mirado y allí estaba. Escrita entre
mis dedos.
242.
La hora a la que lo supimos.
Me he ido sin comprar, la cesta en el pasillo. Volcada. Las cosas
por el suelo.
El número apretado en el puño. Preguntándomelo.
Hasta cuándo durará esto.

7

En algún momento entre martes y miércoles

Hay un fotomatón.

Tiene descorrida la cortina azul, nadie adentro. Pues vamos, me digo. Por alguna razón necesito las fotos. Entro a la cabina. Echo la cortina y me siento. Delante, mi reflejo en el cristal negro del objetivo. Meto la mano en el bolsillo del pantalón y cojo la primera moneda. Antes de meterla en la ranura se oye un ruido. Un mecanismo por dentro, tras el vidrio. Echando a andar. Despacio primero, zumbando después. Me acerco al cristal y pego la oreja, la vibración en mi cara, fría. Al poco se para y algo golpea por fuera. Blando, como cayendo, liviano. Entonces ruge el secado de la máquina con su estruendo.

Secando qué, me digo.

Abro la cortina y me asomo. La luz roja del cajetín está encendida. Dentro, una tira de fotos.

Sin esperar a que se ponga verde meto la mano y la agarro, aún húmeda, y la vuelvo hacia mí.

Las imágenes, todavía latentes, comienzan a revelarse en el papel. Despacio, como se disipa la niebla en una mañana de otoño.

Aparece una nariz.

Después una boca. Pequeña, de labios gruesos.

Luego las cejas, un flequillo negro.

De repente el revelado se detiene. Dejando a medias la cara redonda, borrosa y sin ojos.

Soplo a la tira y la agito, intentando secarla para que se desvelen los rasgos que faltan. Nada sucede. El rostro se congela, sin expresión.

Entonces siento un frío espantoso.

Suena un timbre cuando empiezo a vomitar.

8

Miércoles

—¿Estabas durmiendo? —pregunta Rosario al abrirle la puerta—. Llevo un rato llamando.

—No —le miento.

Rosario me mira y arquea una ceja bajo su gorro blanco de pompón.

—Entonces se te había olvidado —dice.

—Claro que no. Estaba en la terraza y no te oí —respondo, y me aparto para que pase.

—Ya.

Entra. Al pasar por delante de mí, señala mi boca con el dedo.

—Límpiate ahí, anda.

Al tocarme noto que tengo restos de baba y me arden las orejas. Rosario enfila el pasillo y se va quitando el abrigo, un jersey verde de cuello vuelto debajo. Viéndola adentrarse en mi casa con esa seguridad, me pregunto qué idea tendrá de todo esto, qué creerá que va a pasar. Cuánta de esa tranquilidad es suya y cuánta depende de lo que le he contado.

—Joder —dice al llegar al salón, parándose a contraluz delante de los ventanales de la terraza—. Qué vistas.

El edificio es viejo y está apartado, pero sí, tiene eso.

Afuera, la tarde en la bahía se prepara para el incendio. Es ese momento en el que las nubes se agolpan sobre el mar, inflamables, a la espera del chasquido del sol que las prenda y convierta lo que queda del día, tras los cristales, en llamarada.

Rosario se quita el gorro y su pelo rojo cae sobre sus hombros. Se vuelve hacia mí, mueve la cabeza hasta hacerme sombra con ella en los ojos, y el eclipse arrebola sus cabellos.

—Toma —dice, dándome una bolsa de plástico—. La ropa de tu amigo.

Cuando voy a decirle que no hacía falta que la devolviera tan rápido, me doy cuenta de que la bolsa pesa demasiado para ser solo la ropa, y la abro.

—¿Y esto? —le digo, al ver el paquete envuelto dentro.

—Un detallito.

Le quito el papel de regalo y estallo en una carcajada. Es un frasco enorme de alcohol de 96º.

—¿Qué? —dice, sonriendo con su hoyuelo—. No sabía qué traer para algo así.

Su tranquilidad me relaja.

Cojo su abrigo y el gorro para llevarlos al dormitorio.

—Una pesadilla —le digo, saliendo del salón.

—¿Qué?

—Cuando has llamado. Sí que estaba durmiendo —confieso desde el pasillo, levantando la voz para que me oiga—. Y tenía una pesadilla.

De repente tengo frío. Como un soplido en la nuca. Me giro y el cuarto del fondo está entreabierto otra vez. La oscuridad en su interior engulle la tenue luz rojiza del atardecer que llega desde la terraza. Cruzo el pasillo, cierro la puerta y voy a mi dormitorio. Dejo sobre la cama las cosas de Rosario y paso al baño, a echarme agua en la cara.

—Yo vomito cartas —dice desde el salón.

—¿Cómo?

—Que tengo una pesadilla recurrente —dice, y cierro el grifo para escucharla mejor—. Vomito cartas.

—¿Cartas?

—De la baraja española —me cuenta—. El tres de bastos, la sota de espadas. Esas cartas. Una detrás de otra. Como repartiendo con las tripas.

No puedo evitar la risa y cojo la toalla para secarme. Ella dice que no me ría, que se agobia mucho.

—¿Sabes lo más raro? —dice—. Que ninguna es de copas. Jamás.

Cuelgo la toalla y me peino con la mano. Me recoloco el flequillo para disimular el cuero cabelludo que me clarea a la derecha de la raya desde hace unos meses. No lo consigo y resoplo a mi reflejo. Me veo mayor y ojeroso. Apago la luz y salgo al pasillo.

—Anda —le digo a Rosario desde la puerta del salón—. Ven a la cocina. Y me dices cómo quieres el café.

—Pues como el sábado —contesta—, en casa de tu amigo.

—Es que no me acuerdo.

—Ya —dice, sacando el vapeador del bolso y viniendo al pasillo.

Esperamos al café sentados en silencio en la barra de la cocina. Como entre paréntesis. Atentos al siseo del fuego de gas, mirando la llama azul.

—¿Sabes? —dice—. En un pódcast dijeron que soñar que vomitas son remordimientos.

—¿Y si vomitas cartas?

—Depende del palo, supongo.

Me explica que los oros son el éxito, el dinero. Los bastos trabajo, esfuerzo. De las espadas no se acuerda.

—¿Y las copas? —pregunto.

—La pareja, los hijos. Las relaciones y eso —dice—. Menudo panorama.

La cafetera comienza a silbar y su aroma borra de la cocina el olor a fresa del vapeo.

Me pongo de pie para apagar el fuego y llevar la cafetera a la mesa. Ella levanta su taza y me la acerca. El gesto marca su hombro bajo el jersey verde, y de pronto recuerdo sus clavículas, marcadas y profundas, y el piercing en el pezón.

—¿Y eso? —pregunta, señalando el tatuaje en mi muñeca—. Lo vi la otra noche, pero de lejos.

—¿Esto? —le digo, echándome para atrás—. Nada. Una ficha de dominó.

Encojo el brazo, para que baje la manga, y con la otra mano le sirvo el café. Largo. Con un poco de leche, apenas para cambiarle el color. Luego una cucharadita de azúcar moreno y la punta de otra después.

—¿No decías que no te acordabas?

—¿He acertado? —digo, poniéndome de pie—. Vaya...

Cojo las tazas y digo de ir a la terraza. Salimos. Dejo los cafés en la mesa de teca y cierro las cristaleras. Tras ellas, la noche se va descolgando y el mar es un espejo naranja y púrpura.

Me vuelvo hacia Rosario, que ya se ha sentado en la mesa junto a los ventanales.

—Lo que pasa es que, al haberme dormido —le digo—, no tengo nada listo.

—No hay prisa —dice, dando una calada al vapeador.

—Vengo enseguida.

Entro al salón y siento que las orejas me arden otra vez.

Todo, absolutamente todo, depende de lo que pase a partir de ahora.

Rosario mira a la mesa con susto, los ojos muy abiertos.

—¿Vas a usarlas todas? —dice.

Sobre el cristal, entre tubos y envoltorios, destacan las tapas de colores de las agujas.

—Ah, no —le digo, sentado enfrente de ella—. Es que no sabía.

Le explico que cada color es un calibre, y que depende del grosor de la vena.

—A ver, remángate —le pido—. Y apoya el antebrazo en la mesa.

Rosario lo hace. Observo el dorso de su mano y aparto la aguja naranja y la gris.

—Demasiado gruesas —digo—. La amarilla tampoco. Muy fina.

Las guardo y en la mesa quedan otras tres: la verde, la rosa y la azul.

—Luego decidimos.

De un extremo de la mesa, Rosario coge el envoltorio más pequeño. Se lo acerca a la cara y observa su interior, a través del plástico transparente.

—¿Y esto qué es?

—Una llave de tres vías —le digo—. Con cierre Luer.

Ella la gira delante de sus ojos, tratando de desentrañar el objeto azul y blanco, con forma de T, que se adivina tras el envoltorio.

—Parece lo que te ponen en los hospitales —dice, segundos después.

—Eso es.

—¿Y cómo funciona?

—Pues mira —le digo, pidiéndole la llave y sacándola del plástico—: es como un cruce de caminos.

Rosario se inclina hacia la mesa.

—¿Ves que tiene tres tomas? —le explico, tocando con el dedo sucesivamente los tres extremos blancos de la T—. Cada una es una vía.

Rosario sigue mi mano. Le explico entonces que dos de las vías son de entrada y la otra de salida. Por las de entrada metes lo que sea. Con gotero, jeringuilla. Depende. La de salida, en cambio, va al cuerpo. Ella me mira y asiente.

—Pero pasa una cosa —le digo—, que este es un cruce sin semáforo. Entonces, necesita un guardia. ¿Me sigues?

—Más o menos.

—Vale. Pues esto de aquí es el guardia —le digo, poniendo el dedo sobre la pequeña llave de paso azul que hay donde se encuentran las tres vías—. Y según la gires, las vías se abren o se cierran, y así controlas el orden, los tiempos y las dosis. Por ejemplo —añado—, si quieres que entre por esta vía, pero no por esa, giras la llave hacia este lado. Así.

Y lo hago.

—¿Okey?

—Okey.

—Ahora queremos cerrar la de salida —le digo—. ¿Qué hacemos?

—Pues —dice, y se queda pensando—. La giro así y así, hasta aquí.

Y lo hace.

—Muy bien.

De pronto me doy cuenta de lo cerca que está de mí y se me eriza la nuca.

—Pensarás que estoy como una puta cabra —dice, sin dejar de mirar la llave en mis manos.

Le pregunto por qué. Ella coge la llave con dos dedos y la levanta, situándola justo entre sus ojos y los míos.

—Por decirte que sí a esto.

Rosario deja la llave en la mesa, sobre su envoltorio transparente. La miro a los ojos, a sus pestañas rojas. Le digo que, sea cual sea su razón, no será peor que la mía para habérselo pedido. Entonces me quedo callado, esperando a que pregunte cuál es. No lo hace, sin embargo. Y me gusta eso. Su aparente indiferencia.

—Me alegra que no pienses que lo hago por la pasta —dice, mirándome.

—¿No me vas a cobrar?

—Tus ganas —responde, y el hoyuelo ahí, otra vez.

—Pues venga —añado, mientras cojo los guantes de látex—. Súbete la manga, que vamos a empezar.

En la pantalla de la tablet, el enfermero pasa la goma por el antebrazo de la chica que se sienta delante de él.

Hasemos sujesión con la ligadura sinco sentímetros aproximadamente por ensima de la muñeca.

—¿Hace falta que pongas eso? —pregunta Rosario, señalando la pantalla sobre la mesa de la terraza.

—¿Te importa? —le digo, y le ato la goma como ha hecho el enfermero. Después pauso el vídeo.

—Importarme no —dice—, pero no sé. Me tranquiliza regular que tengas que ver un tutorial para hacerlo.

—Haz puño —le pido.

Rosario cierra la mano y las venas de su brazo se hinchan a ambos lados de la goma.

—Me ayuda —añado—, pero si quieres lo quito.

—Nah, déjalo —dice—. Total, es mi brazo.

Toco la pantalla para que el vídeo continúe.

Identificamos la vena que vamos a utilisar. Entonses, limpiamos la sona de punsión con algodón y alcohol. Así: hasiendo movimientos sirculares, de dentro hasia afuera.

Rosario se me queda mirando y resopla.

—¿Y si lo muteas? —dice.

Le quito el sonido. Cojo el algodón, abro la botella de alcohol que ella ha traído de regalo y lo empapo.

—Prosedo a limpiar la sona de punsión —imito.

Se ríe. Vamos bien.

Con mi mano izquierda cojo su derecha, dejándole el dorso hacia arriba. El gesto es parecido al que se hace en los besamanos. Así, me digo, controlo el movimiento de su muñeca y tengo libre la visión de la zona a pinchar. Su mano se ve diminuta junto a la mía, ancha como una pala y de dedos torcidos por las fracturas del rugby. El látex del guante, sin embargo, me impide el contacto directo con la piel de Rosario, y trato de imaginar cómo será mientras paso el pulgar por encima de ella, sintiendo el relieve de sus tendones y huesos.

Con la otra mano cojo el catéter de la mesa.

—¿El azul al final? —pregunta.

—Sí, calibre 22 —le explico—. Tus venas son finas.

Lo destapo con la boca y ella se remueve al ver la aguja.

Para distraerla le cuento que el catéter tiene tres partes: el fijador, el catéter en sí y la cámara trasera. El catéter es el tubo de plástico que se alojará en la vena. Como el tubo es blando, necesita una aguja para romper el vaso y entrar. Esa aguja es el fijador y va por dentro del catéter, con la punta sobresaliendo por un extremo. Entonces, cuando pinchas, metes la aguja en la vena y arrastra con ella el catéter. Por último, le explico la cámara trasera: está en el lado opuesto a la punta de la aguja, es transparente y sirve para ver el retorno venoso.

—¿El qué? —dice Rosario.

—Si pinchas bien la vena —le digo—, la sangre entra en la aguja, la atraviesa y sale una gota por el otro lado, en la cámara trasera. El retorno venoso.

—Y si pinchas mal no lo ves —dice.

—Eso es.

Le sigo diciendo que, una vez dentro, separas la aguja del catéter, la sacas y el tubito se queda en la vena.

—Por eso la aguja se llama fijador —le digo.

—Por eso —dice ella— y porque ese nombre acojona menos que aguja.

Para terminar la explicación, cojo la llave de tres vías.

—¿Te acuerdas del guardia del cruce?

—Sí.

—Pues la toma de salida es la que se conecta al catéter cuando sacas el fijador.

—Entiendo —dice.

Dejo de nuevo la llave en la mesa y aflojo la conexión del catéter y el fijador hasta separarlos. Luego los junto de nuevo. Con suavidad, sin apretarlos; para que no se atasquen durante el proceso.

—Oye —dice Rosario—, ¿qué rollo os lleváis tu amigo y tú?

—¿Rollo?

—A ver —me dice—. Nadie se queda mientras, ya sabes.

—Ya.

Dice que solo recuerda una vez. La madre de un chico con parálisis cerebral. No se fiaba de ella y se quedaba siempre al lado, mirando. Incluso cuando su hijo se corría.

—Yo sí me fío —le digo.

Rosario sonríe y da una calada al vapeador.

—¿Os conocéis hace mucho? —pregunta, soltando el vapor por la nariz.

—¿Dante y yo?

—Sí.

El olor a fresa me envuelve.

Agarro entonces el catéter igual que el enfermero en el tutorial: con el pulgar y el dedo medio, para que asome entre ambos la cámara trasera y pueda ver el retorno venoso. Después presiono sobre la lengüeta y tiro de ella hacia mí con el índice, evitando que la aguja se esconda en el tubo al pinchar. Por último, estabilizo mi mano apoyando el índice sobre la de Rosario. Entonces le cuento que Dante y yo nos conocemos desde hace diecinueve años. Yo estaba en un bufete y él empezó allí de pasante. Congeniamos desde el primer día. Al poco me presentó a sus amigos, a su chica. Empezamos a salir juntos, pachangas de fútbol los jueves. Lo típico con veintitantos.

—¿No estaba en silla de ruedas?

—No —contesto—. Eso pasó años después.

Ninguno de los dos estábamos ya en ese despacho, le explico. Dante había ganado una fortuna con un asunto y se iba a casar. Cuando tuvieron el accidente, conducía su novia. A Marta no le pasó nada.

—Y no se casaron —dice, vapeando.

—No. Ella le dejó al año y medio.

Rosario da dos caladas largas y una nube blanca y espesa se forma delante de nosotros. Luego me pregunta por el asunto con el que Dante ganó tanto dinero. Le pido que suba el volumen de la tablet y ella resopla entre jirones de vapor. El enfermero coloca el catéter sobre la mano de la chica que se sienta delante de él y yo hago lo mismo con la de Rosario.

Lo que vamos a haser ahora es colocar el bisel del fijador hasia arriba. Si lo pones al revés, no va a traspasar la piel y le va a doler a tu pasiente.

—¿Has oído hablar de las cláusulas suelo? —le pregunto, comprobando el bisel de la aguja.

—¿La movida de las hipotecas?

—Sí —le digo—. ¿Sabes cómo funcionaban?

—Más o menos.

Y ahora sí, prosedemos a picar en un ángulo de veinte, para luego rápidamente ponerlo en un ángulo de dies, y entrar adentro.

—Pues verás —le cuento, encarando la vena con la aguja—: Dante descubrió las cláusulas suelo antes que nadie.

Cuando la punta metálica roza su piel, Rosario retrae la mano y coge aire con la boca.

—Tranquila —le digo—. Lo dejamos cuando quieras.

Separo la aguja y dejo el catéter en la mesa. Detengo el vídeo. Luego paso de nuevo el pulgar enguantado sobre el dorso de su mano, acariciándola.

—No es eso —dice—. Dame unos minutos, ¿sí? Y mientras, me sigues contando.

Sus ojos pretenden transmitir una seguridad que desmiente el temblor en su mano.

Sin soltársela, le explico que en el pueblo de Germán había una caja de ahorros. Pequeña, con clientes de la zona: agricultores, trabajadores del juguete. Uno de ellos, amigo de la familia, tenía ahí la hipoteca y necesitaba renegociarla. Entonces, preguntó a Germán si su hijo el abogado le haría el favor. Una gestión sencilla, sin margen. Aun así, Dante pidió al hombre las escrituras, los recibos y lo revisó todo con lupa. Como si fuera el asunto de su vida, porque Dante no sabía hacer las cosas de otra manera.

—Y vio algo —le digo—. Algo que no le cuadraba.

Durante un rato solo se oye mi voz explicándole a Rosario qué llamó la atención de Dante y por qué, y que después de muchas vueltas encontró la causa en la propia escritura del préstamo: apenas dos líneas perdidas entre sus cláusulas, sin destacar. Perfectas para pasar desapercibidas porque nadie las buscaba.

—Hablamos de 2002 o 2003 —le digo—, y lo de las cláusulas suelo no salió hasta casi seis años después. Cuando la crisis.

A través de su padre, le sigo diciendo, Dante contactó con otros del pueblo con hipoteca en esa caja, e igual: la misma cláusula, las mismas consecuencias. Cuando reunió a un buen grupo de afectados, reclamó en la sucursal. Nada de juzgado, algo interno.

—Y le fue bien —añado.

Mi móvil suena. Una llamada.

Lo tengo silenciado, así que solo puede ser Dante. Doy la vuelta al teléfono sobre la mesa, miro la pantalla y efectivamente, es él.

—Le estarán pitando los oídos —le digo a Rosario, poniéndolo otra vez boca abajo.

—¿No lo coges?

—No —respondo—. Si es urgente llamará otra vez.

No lo hace y me levanto a encender la luz de la terraza. Los cabellos rojizos de Rosario prenden como gasolina sobre sus hombros y el interior de la casa se refleja en los ventanales, borrando de ellos el mar y la ciudad anochecida más allá de la bahía. En la playa, la única persona que queda en los aparatos de calistenia recoge sus cosas y se dirige a la pasarela de madera. Las farolas del paseo se encienden y el reguero de luz atraviesa la curva de la costa, desde la bocana del puerto hasta donde dobla el cabo.

—¿Probamos de nuevo? —pregunto a Rosario.

Ella asiente con la cabeza. Deja el vapeador a un lado y vuelve a apoyar el antebrazo en la mesa, con el dorso de la mano hacia arriba. Todavía lleva puesta la goma, un par de dedos por encima de la muñeca, y cuando cierra el puño las venas se hinchan bajo su piel como carreteras en un mapa.

—¿Sabes? —me dice, mientras cojo de nuevo su mano—. Yo también estoy en esto por un accidente.

—¿En esto?

—Sí —dice—, en lo de Lola. Lo que pasa es que el mío fue de moto.

9

Miércoles todavía

Siento el clac en la aguja. Atravesando su piel, rompiéndole la vena en el dorso de la mano.

Rosario se agita y la agarro más fuerte.

—Tú no mires —le digo, tirando del catéter hacia mí con suavidad—. Sigue contándome.

—Pues eso —dice, mirándose de reojo—. Que no frené brusco ni aceleré. No se me fue. Te lo juro. Sin embargo, se cayó. De pronto dejé de sentir su peso atrás, como si la moto subiera de repente. Y paré. No sé cómo, pero paré. Hinqué un pie, me giré hacia la casa, y él —añade—, ya no estaba.

Él es su hermano.

Juan, me cuenta, tenía dieciséis. Ella trece. La moto era suya, de Juan. Una Rieju verde de cincuenta. Ella se empeñó. Él se negó, pero poco, porque ella siempre le sacaba lo que quería. Él iría de paquete, le dijo. Por si acaso. Si no, nada, ¿okey? Y solo hasta el cruce, que luego hay coches. Okey. Y se montaron. Agárrame bien, dijo ella. Sí. Más fuerte. Que sí, pero ve despacio. Tranquilo. Luego él le dio su casco. ¿Y tú? Yo así voy bien. Agárrate. Claro. No te sueltes. Que no. Entonces, Rosario salió.

Ella hizo caso y frenó antes del cruce.

Juan no. Su hermano se soltó.

Un punto de sangre aparece en la cámara trasera del catéter.

—El retorno venoso —dice Rosario, la voz húmeda—. Estamos en vena.

Yo ya lo había leído en algún sitio.

Que hay madres que lo acaban haciendo.

Madres que alivian a sus hijos discapacitados. Que se sienten en la obligación de hacerlo. Como darles de comer o lavarles. Porque si no son ellas, a ver quién.

Mientras en el tutorial se suceden las explicaciones, Rosario me cuenta que su madre masturbaba a su hermano.

Dice que aprovechaba el baño. Dos veces por semana, los martes y viernes.

—Como si le tocara la pastilla.

Con el tiempo, me explica, su madre le dijo que no tuvo más remedio porque su hermano se empezó a poner muy agresivo. Con las dos, pero sobre todo con ella, con Rosario, pequeña aún para entender. Al principio, claro, no supo lo que pasaba durante los baños. Hasta que un día su madre olvidó echar el pestillo a la puerta del aseo, y ella entró.

—Tú imagina —dice.

Con suavidad voy sacando la aguja de la vena de la mano de Rosario, cuidando de que el catéter quede bien fijado. Entretanto, ella me dice que al menos su hermano nunca tuvo que ver a su madre hacérselo.

—¿Cómo que no? —le pregunto.

—No —dice—. Porque Juan se quedó ciego en el accidente.

De lo contrario, está segura, su madre no habría podido.

—Después de cada baño —me cuenta—, ella se encerraba en su cuarto, sola. A veces hasta el día siguiente. Hasta sacó el espejo a la sala de estar y lo dejó allí, porque no aguantaba ni verse.

Estuvo así un año, por lo visto, puede que más. Y mal. Le decía a su hija que era como si la quemaran por dentro, pero de frío. Entonces ella, Rosario, se puso a buscar por internet, y dio con la asociación de asistentes sexuales, pero su madre no quería.

—Son putas, Rosi, me decía.

Rosario le enseñaba la web, los estatutos y eso. Para que viera. Que pactas una compensación, que el máximo son setenta euros y eso, igual que con Dante. Su madre, sin embargo, seguía negándose.

—Llámalo como quieras, Rosi, pero si cobran, son putas.

Cuando la aguja ha salido hasta la mitad, meto el tubo en la vena. Hasta el fondo. Luego suelto la goma de la muñeca de Rosario y cambio el agarre de mi mano. Con el pulgar sobre su dorso, localizo hasta dónde llega el catéter bajo la piel, para poder taponarlo presionando.

Rosario me cuenta que acabó convenciendo a su madre. Fueron a las charlas, como hicimos Dante y yo. Más tarde las entrevistas, las reuniones de expectativas, los pactos al final. Igual que nosotros. Y entonces ya, los encuentros.

—Vinieron varias —me dice—. Hasta que apareció Lola.

Le digo a Rosario que deje de hacer puño y ella abre la mano.

Luego me dice que ese primer día Lola les dijo algo. Una frase que se le quedó grabada: que nadie sobrevive sin ser tocado.

—Y ahí lo supe, ¿sabes? Que yo quería ser eso. La supervivencia de otros. Como Lola para mi hermano, y antes que ella mi madre —dice—. Y me metí en la asociación.

Con la mano libre saco la aguja del todo y la dejo en la mesa, sin dejar de presionar el catéter con el pulgar de la otra. Tocando la pantalla de la tablet, le digo a Rosario que pongo el sonido otra vez. Ella asiente y respira hondo.

Entonses, cogemos la llave de tres vías y la conectamos. Este es un movimiento que se tiene que haser un poquito rápido, para evitar que se salga la sangre.

Cojo la llave de tres vías de la mesa. La llevo al extremo del catéter que sale de la mano de Rosario, tomo aire y, aguantándolo en los pulmones, hago el giro para conectarlos.

—A todo esto —dice—: ¿tú tienes hijos?

La vía se me escurre entre los dedos, soltándose del cono de conexión del catéter. Agarro el tubo para volver a meterlo, pero lo que hago en vez de eso es arrancarlo de la vena. De cuajo.

Cuando me doy cuenta de que era tan fácil como presionar otra vez la vena con el pulgar, ya es tarde.

Hay sangre de Rosario por todas partes.

—Pero ¿cómo se te ocurre venir, si te mareas viendo sangre? —le digo cuando abre los ojos.

Mi voz frena su impulso de levantarse del sofá. Entonces, Rosario se recoloca en el respaldo y me observa sentado junto a ella. Sujetándole el brazo por encima del hombro, aguantando el trapo con hielo en el dorso de su mano.

Con un gesto de la cabeza me hace ver que quiere mirarse y la suelto. Se le ha hinchado y comienza a amoratarse. Los restos de sangre a medio limpiar afean aún más la herida. Al verse el destrozo en la mano, resopla.

—Pues van a ser mil quinientos —dice, sonriendo.

—¿Qué?

—Que me va a quedar marca.

Entonces caigo.

—Ya —le digo, devolviéndole la sonrisa. Como a destiempo, con el susto aún.

—¿Todo bien? —dice.

—Sí —disimulo—. Ahora vuelvo.

Me levanto del sofá y voy a la cocina. Abro el cajón de las medicinas y cojo un blíster de aspirinas, luego lleno un vaso de agua y regreso al salón. Todo con este runrún en la cabeza. Si seré capaz o no, o qué. Porque tú imagina, me digo, que esto pasa cuando lo hagamos de verdad.

La sola idea me revuelve como una cuchara en las tripas.

—Toma —le digo a Rosario, tendiéndole el vaso y las pastillas.

Ella me mira. Sus manos quietas, la ceja levantada.

—Para la inflamación —le digo.

Saca dos aspirinas, agarra el vaso y se las traga. Dando ese golpecito con la cabeza hacia arriba que algunas personas necesitan para tomárselas. Luego Rosario se incorpora y coge el móvil que había dejado en la mesita de centro, delante del sofá. Sin volver al respaldo, comienza a trastear la pantalla. En silencio. Sus dedos se mueven a toda velocidad, yo de pie junto a ella. Observándola intrigado.

Apenas un minuto después, suena una notificación en su teléfono. Vuelve a dejarlo sobre la mesa y ya sí, Rosario se acomoda en el sofá, mirándose la herida de la mano.

—Espero que te guste el ramen —dice, cruzando las piernas—, porque es lo que vamos a cenar.

Los fideos se me escurren entre los palillos y caen al caldo.

Otra vez.

Esta vez se ha manchado el mantel. Con las puntas de los palos de madera remuevo el cuenco, y pienso en el gancho de una máquina de esas de la feria, en las que siempre se acaba cayendo el muñeco. Doy vueltas a un trozo de carne y lo aparto a un lado.

Hago lo mismo con los demás pedazos. Miro entonces el medio huevo duro que flota con la yema hacia arriba. Lo tanteo, lo giro. Ensartarlo me parece tan mala idea como tratar de agarrarlo, y al final me decido por algo que parece una hoja de col rizada, blanda y empapada. No me resulta difícil levantarla con los palillos, pero en cuanto los giro para llevármelos a la boca se abren y la col acaba en el caldo, salpicando mi camisa.

—Anda, te dejo que vayas a por un tenedor —dice Rosario—, que ya has sufrido bastante.

Al ponerme de pie la terraza da vueltas. Demasiado vino. Corro la silla, entro al salón y lo atravieso, intentando que no se me note.

—Y ya que vas —la oigo decir—, trae otra botella. Que me tienes seca.

Por el pasillo me llevo el índice a la mejilla derecha. Al punto exacto en que a Rosario se le forma el hoyuelo, preguntándome adónde va el agujerito cuando no se ríe. Vas borracho, me digo.

Enciendo la luz de la cocina. Cuando los tubos dejan de parpadear en el techo, abro la despensa y saco más vino. El sacacorchos está en la encimera y aún tiene puesto el tapón de la botella que nos hemos bebido. Lo desenrosco. Me fijo en mis manos, girando, y la madre de Rosario me viene a la cabeza. Encerrándose en su cuarto tras bañar a su hijo, sin aguantarse ni al espejo. Regresando con él al aseo tres días después y echando el pestillo de la puerta tras ellos. Pienso en ese bucle de culpa sucia. En la paradoja de mancharse con las manos llenas de jabón. En cómo se limpia eso.

Regreso a la terraza. Una nube de vapor se deshace sobre la mesa, delante de Rosario. Sus ojos asoman a través de las hilachas blancas, siguiéndome. Detrás de ella, afuera, las luces de un avión parpadean en la negrura y más abajo, entre el castillo y la costa, la ciudad comienza a esfumarse.

Todavía de pie, quito la cubierta a la botella de vino y clavo la punta del abridor en el tapón. Giro el sacacorchos y sus brazos se van elevando, pero lo he metido mal y se tuerce. Consigo enderezarlo antes de que se parta el corcho y, cuando hace tope, tiro con cuidado hasta que sale el tapón. Lleno las copas y me siento. Bebemos. Ella da otro sorbo y nos miramos por encima del vidrio. Luego cojo el cuenco y los palillos.

—¿Y el tenedor? —dice, sonriendo.

—No tengo hambre —respondo, y aparto el cuenco.

—Ya.

Reímos. Rosario también hace a un lado su cena, un brillo en los ojos.

También borracha, me digo.

—Oye —dice, como cayendo en algo de repente—, si tu amigo ganó lo del banco, ¿por qué esas cláusulas tardaron tanto en salir a la luz?

—No dije que Dante ganase —respondo—. Dije que le fue bien.

—No entiendo.

—Que quien ganó fue la caja de ahorros.

El viento zarandea los toldos, haciendo sonar los cristales de la terraza. Las nubes más bajas empiezan a moverse y en el mar se agitan miles de espejos plateados cuando le empiezo a explicar a Rosario que, aunque aquella era una caja pequeña, estaba en una agrupación de cajas. Y ahí sí, estaban las grandes.

—Las de las preferentes, las subordinadas, las tarjetas black —le digo—. Esas cajas.

Y ellas, le sigo contando, también tenían la cláusula en sus hipotecas. Todas. En decenas de miles de préstamos. Y no estaban dispuestas a que nadie les jodiera el invento que les haría ganar cuando, en teoría, debían perder. Lo único que necesitaban era que las cláusulas siguieran así: dormidas. Esperando a que bajasen los tipos. Porque treinta años de una hipoteca son muchos.

—Y si algo tiene un banco es tiempo —le digo—. Más que dinero.

Rosario se lleva el vapeador a la boca y apoya la boquilla en el labio inferior.

—¿Y qué pasó? —pregunta, antes de dar una calada.

—Firmaron un acuerdo. Medio millón para Dante, y un cargo en la asociación de cajas.

—Joder —dice—. Entonces se vendió.

—No —le digo—. Sus clientes tenían un problema y se lo arregló. La caja les compensó, les pagó una pasta por estar callados y él, de paso, se arregló la vida. O casi.

—¿Casi?

—Sí, casi. Porque pasaron dos cosas —contesto—. Una su accidente. La otra, una crisis que nadie esperaba.

La crisis puso el foco en los bancos. Los abogados revisaron cada préstamo, cada inversión. Cualquier papel firmado con un banco. Lo que pudiera hacer Dante dejó de importar y le echaron en cuanto las llamadas empezaron a colapsar las sucursales. Para entonces, Dante se había gastado una fortuna. Primero en hacerse la casa y luego, tras el accidente, en adaptarla y tratarse.

Rosario se queda callada. Luego mueve su copa en pequeños círculos sobre el mantel, agitando el vino en su interior. Hablarle del accidente de Dante me recuerda a su hermano.

—¿Qué pasó con el espejo? —le pregunto.

—¿Qué espejo?

—El de tu madre. Si volvió a meterlo en su cuarto cuando conocisteis a Lola.

—No —dice, deteniendo la copa mientras el vino sigue girando en su interior unos segundos más—. Mi madre murió el año pasado y el espejo sigue en el salón, vuelto contra la pared.

Rosario da un sorbo al vino. La miro a través del cristal que sube y baja delante de sus ojos, deformados por la refracción del vidrio.

—Oye —me dice—, ¿y la madre de tu amigo?

—Falleció hace mucho —contesto—. Antes del accidente.

Sus labios se abren. Luego los cierra sin decir nada, como midiendo palabras.

—Entonces —dice al fin—, tu amigo no ha tenido a nadie que le bañase.

No contesto.

Todo lo que hago, en cambio, es mirarme las manos; girando las palmas hacia arriba.

—¿En serio? —dice.

—Su padre nunca lo habría hecho.

Rosario deja el vapeador en la mesa y me coge la mano.

Sin los guantes de látex, su piel al fin. Caliente y viva.

Sísmica.

Con el pulgar me va rozando. Lento. Sobre la mía, su mano desnuda se ve aún más pálida, como recién tallada, pero la suya es una fragilidad engañosa. Superficial. Recorre mi palma haciendo círculos, dibujando pliegues, hurgando en la carne con las uñas cortas y verdes. Primero una mano, después las dos. Girándolas. Surcando huesos y tendones, deteniéndose en cada uno de mis lunares, Rosario navega mis manos, como memorizándolas. Luego se lleva una hasta la mejilla y la aprieta contra su rostro. Se acaricia conmigo, cierra los ojos; respira el olor de mi mano y la besa, y siento el calor de su aliento en los dedos cuando abre la boca y restriega los labios, la lengua entre ellos.

Su mirada entonces.

Mordiéndome.

—Lola tiene razón —dice, levantándose y llevándome con ella al sofá—: nadie sobrevive.

10

Jueves

Tanteo la mesita de noche y cojo el teléfono.

Las 2:42.

Rosario se remueve junto a mí. Apago la pantalla para que no le moleste la luz, pero ella levanta la cabeza. Tras la maraña de flequillo entreabre un ojo y me mira. Le digo que vuelva a dormir. Ella contesta algo que no entiendo y se da la vuelta. Al girarse, el edredón se le enrolla en una pierna y lo arrastra hacia el otro lado del colchón, destapándonos. Su respiración no tarda en alargarse, espaciándose. Como si se alejara, pero dejando en la cama su cuerpo desnudo.

La noche es luminosa y, durante un rato, contemplo a Rosario así, bocarriba. La luna confiere a sus pecas una tonalidad oscura y azul. Su piel, en cambio, se ve más clara, y mis ojos repasan lo que hace nada recorrían mi lengua y mis dedos.

Me levanto con cuidado y la tapo con el nórdico. Con el móvil en la mano voy al baño. No enciendo la luz, no me miro al espejo. Nada que vele el recuerdo de nuestros cuerpos. Tan solo me mojo la cara y la nuca, y salgo al pasillo sin apenas secarme. El agua fría me resbala por la espalda mientras camino descalzo por las baldosas. Erizándome, terminando de despertarme. La rodilla operada me molesta hasta que entra en calor.

Sentado a oscuras en el salón, desbloqueo el teléfono y abro el chat con Ana para contarle el sueño de la noche anterior. Activo el micrófono arrastrando y soltando el dedo. Los segundos corren. Sin embargo, no soy capaz de decir una sola palabra. Al cabo de unos segundos la pantalla se apaga, bloqueada como yo.

El mismo miedo otra vez.

Siento la primera luz del día a través de los párpados cerrados.

A mi lado, en el colchón, se oye la respiración de Rosario. Suena a mañana de domingo, me digo, aunque sea jueves. Y huele. A ella por fuera y también, todavía, a nosotros por dentro.

Sus dedos zigzaguean por mi espalda y decido no abrir los ojos aún. Quedarme tumbado boca abajo, en este amanecer traslúcido.

—¿Qué es eso? —dice Rosario, deteniendo sus manos.

—¿El qué?

—¿No lo oyes? En la puerta.

Entonces las oigo. Las llaves.

Mierda.

—Es Fátima —digo, saltando de la cama y agarrando los vaqueros del suelo.

—¿Quién? —pregunta Rosario.

—Luego te cuento.

La puerta se abre, al poco se cierra, un ruido de bolsas después.

Por el pasillo me voy subiendo los pantalones hasta que se me encajan a mitad de pierna y a punto estoy de caer. Miro y he cogido los de Rosario.

Fátima grita y se le cae el termo de mate cuando aparezco en el salón dando saltos, en ropa interior y con los vaqueros por las rodillas. Entonces ve el sujetador de Rosario en el suelo y sonríe. Su rostro, de pómulos anchos y piel trigueña, se llena de arrugas.

—*Maitei* —saluda—. Le pillé todito.

—¿Hoy es jueves? —le digo, poniéndome tras el sofá para taparme con el respaldo.

—Claro.

Fátima me mira divertida, con sus enormes ojos negros.

—¿Entonces? —añade.

—Mejor te vas —le digo—. Si no te importa.

Me dice que está bien, pero que esta semana ya no tiene huecos, así que, hasta el jueves próximo, nada. Le digo que no importa, que me apaño. Fátima se agacha, recoge del suelo el termo y el tapón, y lo cierra. El mate caliente humea sobre las baldosas.

—Voy a por la fregona —dice.

—Déjalo. Yo lo hago.

—Ah —dice, abriendo mucho los ojos—. Entonces tiene que ser muy linda.

—Lárgate de una vez.

Fátima se ríe de nuevo y la piel se le arruga todavía más. Después camina hacia la entrada.

—Acá traje unas cosas de limpieza que ya se acabaron —dice.

—Déjalas ahí.

—Como vea. *Jajohecha peve.*

—*Aguyje* —le respondo.

Cuando suena la puerta se me destensan los hombros. Miro a la terraza. Por suerte no ha visto las jeringuillas ni el resto de las cosas sobre la mesa.

—¿En qué hablabais? —pregunta Rosario desde la cama, cuando regreso al dormitorio.

—En guaraní —contesto, muerto de frío—. Fátima es paraguaya.

Rosario abre el edredón y se echa a un lado, ofreciéndome el lado caliente del colchón. Después se tumba sobre mí y cubre nuestros cuerpos con el nórdico.

Las yemas de sus dedos me dibujan una espiral en la espalda. Luego suben hasta mi nuca y siento que su mano se voltea, acariciándome el hombro derecho con las uñas. Baja entonces por el brazo. Formando olas, circundando el codo. Al llegar a la muñeca, sus dedos se detienen un instante y comienzan a recorrer los trazos de mi tatuaje. Los bordes del rectángulo primero, los puntos en su interior después. Dos arriba, a izquierda y derecha. Otro punto más abajo. Deteniéndose, haciendo pequeños círculos sobre ellos.

De pronto se retira de mi piel. Su cuerpo se aparta con un rozar de sábanas.

—Mientes fatal —dice.

—¿Qué? —contesto, abriendo los ojos. Dándome la vuelta hacia ella.

Rosario me mira sentada en el colchón, el pelo rojo revuelto, las rodillas contra sus pechos. Lleva puestas unas gafas de montura dorada. Está preciosa.

—Que me mentiste —dice—. Tu tatuaje. Es una eme.

Claro, me digo.

Su hermano se quedó ciego en el accidente.

Entonces, Rosario lee Braille.

—Una ficha de dominó —dice, cubriéndose con el edredón—. Ni que fuera tonta.

Me río. Pregunta de qué, arrebujándose bajo el nórdico. Le digo que de Dante.

—¿Por qué en braille? —me dice.

—Porque así está —le digo—, pero de otra forma.

—¿Quién? —me pregunta, casi susurrando. Como si su voz tanteara un lugar a oscuras.

Me incorporo. Cruzo las piernas sobre el colchón y cojo una almohada. La doblo, la pongo sobre mis muslos y me agarro a ella. Entonces le cuento.

11

Jueves todavía

Le cuento a Rosario que Eme no iba a ser su nombre.

Que fue algo provisional.

—Hasta que su madre y yo —le digo— nos pusiéramos de acuerdo.

Porque los nombres que más nos gustaban empezaban por eme, y nos pareció divertido llamarla así durante el embarazo: Eme. Los latidos de Eme, el cuarto de Eme. La cara de Eme en la eco de Eme.

Es niña, Eme.

Ya llegarían el resto de las letras.

—No lo hicieron —le explico—. Un desprendimiento de placenta en la semana cuarenta dejó su nombre incompleto.

Rosario se remueve junto a mí. No la veo hacerlo. No la miro mientras le cuento. Miro solo a la almohada entre mis piernas. Su mano se acerca a mi rodilla y se aprieta contra ella.

—Espera —le digo. Y le sigo contando.

Que los padres de Ana nos guardaron en su casa las cenizas de la niña. Mientras nos recuperábamos. Hasta que ella tuviera fuerzas.

Que las cenizas se quedaron allí.

Que Ana murió sin recuperarse.

Habían pasado nueve años —le digo—, y yo nunca fui a ver los restos de Eme.

Ni una vez.

Las uñas de Rosario se me clavan en la pierna.

Quizá Ana iba a verlas sin mí, le sigo diciendo. Quizá lo hizo todo el tiempo y por eso nunca me dijo de hacer algo con sus restos. A lo mejor todo lo que Ana quiso hacer era tenerla allí y yo nunca lo supe. Que Eme estuviera. De una forma distinta a como tenía que haber sido, pero que estuviera. Unidas las dos de alguna manera. No perderla dos veces, supongo. No sé. Nunca le pregunté. No hablábamos de las cenizas. De Eme sí. Poco, pero sí, aunque cada vez menos. Cada vez más lejos de alcanzar algo que tampoco llegó porque la dejé antes.

—En el intervalo —añado—. Cuando Ana aún se despedía de nuestra hija y yo, en cambio, tan solo seguía esperándola.

Los dedos de Rosario me sueltan la pierna. Durante un instante no la siento a mi lado. No me toca, no habla ni respira.

—¿El intervalo? —pregunta al fin.

—Sí —le digo, mirándola a los ojos tras las gafas—. ¿Tú estabas cuando murió tu madre?.

—No. Estaba en casa —dice—, con mi hermano. Me llamaron del hospital.

—¿Cuánto tardaste en llegar?

—Hora y media —calcula—. O así.

—Y entonces la viste —le digo.

—Sí.

—Pues esa hora y media fue tu intervalo.

Rosario no entiende.

Le explico que el intervalo es el tiempo que pasó entre que le dijeron que su madre había muerto y la vio muerta. A veces el intervalo es poco, lo que tardas en cruzar un pasillo, un hospital.

Otras no. Atraviesas ciudades, países; coges aviones, trenes. Esa distancia, ese tiempo. Lo que nos separa del cuerpo, porque el cuerpo confirma la muerte, convence de ella. Tocándolo, besándolo. Viéndolo a través de un cristal, la mano apoyada en él. Sintiendo el frío, de una forma o de otra. Es ahí cuando lo sabes. Que esa persona ya no está, que se ha ido.

—Y el intervalo se cierra —dice Rosario.

—Eso es —le digo—, y entonces te despides. Porque el duelo empieza donde termina el intervalo.

Rosario se estira sobre el colchón, saca el brazo del edredón y coge su jersey del suelo. Le da la vuelta, se quita las gafas y mete la cabeza para ponérselo.

—¿Y tu mujer? —dice, bajándose el suéter y poniéndose de nuevo las gafas—. ¿Por qué dices que la dejaste en el intervalo?

—Porque ella nunca lo cerró —contesto—. Y yo tuve la culpa.

La rodilla me arde. Donde antes estaban las uñas de Rosario ahora se oscurecen cuatro marcas con forma de media luna. De pronto, me veo hablándole sin control, como si tuviera una cuerda atada a las entrañas y algo tirase de ellas. Contándole lo que pasó. El hospital, el no hay latido, la hemorragia; la cesárea de urgencia. Aquella madrugada. Que por la mañana me dijeron si queríamos verla, y que dije que no, sin esperar a Ana.

—Cuando despertó —le digo— ya la habían incinerado.

Me levanto de la cama y recojo mi ropa. Rosario no se mueve del colchón. Sus ojos están lejos. No sé dónde, pero aquí no. En silencio me voy vistiendo, encogido. Como sin carne pegada a los huesos, solo frío.

—Entonces —dice Rosario—, tu intervalo tampoco se cerró.

—No exactamente —respondo—. El mío ni siquiera llegó a abrirse.

Rosario hace café y ninguna pregunta más.

Sentado en la cocina junto a ella apuro la taza, agarrándola con las dos manos. Mientras, trato de encontrar la forma de decirle. De contarle el abismo entre Ana y yo. Entre perder una hija dentro de ti y esto otro, que once años después todavía no sé lo que es.

—Lo que pasa —le digo al fin— es que, entre el dolor y el miedo, elegí el miedo.

Miedo a atarme a ella.

A crear el vínculo. Al vacío de después. A sentirla mía un instante y vivir echándola de menos.

Rosario se levanta de la silla. Con la mano atrae mi cara hacia arriba, hacia ella. Me busca con los ojos, me encuentra. Se agacha y me besa, recorriéndome la boca. Un beso que me reinicia. Después sale de la cocina. Sus pies suenan descalzos sobre las baldosas del pasillo: primero yendo, luego volviendo. Al poco. Lo que se tarda en ir al salón a coger algo y regresar.

Se para entonces delante de mí y se coloca la goma alrededor del brazo, un par de dedos por encima de la muñeca.

—¿Vamos? —me dice, y coge con los dientes uno de los extremos.

—¿Por qué? —le digo.

Con la boca estira la goma, apretándosela, las venas azules e hinchadas.

—Porque lo necesitas —contesta—. Todavía no sé por qué, pero necesitas hacer esto.

Salimos a la terraza.

En la mesa todo sigue como lo dejamos anoche. También los restos de sangre.

Rosario evita mirarlos al sentarse. Abro un paquete de gasas y los limpio como puedo.

Afuera, tras los ventanales, febrero no admite discusión. El mar refulge con ese brillo metálico y una bandada de estorninos se abre y se cierra sobre la playa, como un abanico. Mientras ella mira pasar a las aves, tomo su brazo y le aflojo la goma en la muñeca. Al volverse hacia mí mira de reojo a la mesa y, ahora sí, se detiene en el instrumental desplegado entre nosotros. En los envoltorios, las ampollas, las agujas con sus colores. Las jeringuillas vacías de diferentes tamaños.

—¿Por qué están numeradas las jeringuillas?

—Para saber el orden —contesto.

—Y son cinco.

—Sí.

Rosario coge un par de ellas, se las acerca a la cara, las gira y levanta las gafas con la otra mano. Por debajo de los cristales, sus ojos negros examinan los números dibujados en las jeringuillas con rotulador permanente.

—¿En la uno qué va? —dice.

—Lidocaína.

—Eso es para el dolor.

—Sí.

—¿Y qué duele?

—Lo que va en la dos —le digo—. Propofol.

—No sabía que eso doliera.

—En esa cantidad sí.

Se baja las gafas y vuelve a dejar las jeringuillas en la mesa. Ordenándolas, siguiendo la numeración.

—Todo esto es para lo que imagino, ¿verdad? —pregunta.

—Sí.

—¿Y cuándo quieres hacerlo?

No contesto.

—¿Cuándo quiere Dante que lo hagas?

—Pronto —respondo.

Cojo el envoltorio de un catéter nuevo y rasgo el plástico. Rosario extiende el brazo y sujeto su mano con la izquierda, esta vez sin guantes. Con la otra le limpio el dorso. El olor a alcohol impregna la terraza. Agarro el catéter, quito la tapa azul del fijador con la boca, y giro el bisel hacia arriba. Repitiendo mentalmente todos los pasos del tutorial. Acometo la vena con la aguja, toco la piel. De pronto, la terraza es una bolsa alrededor de mi cabeza que se me pega si intento respirar. Metiéndose en mi boca, tapándome la nariz, llenándome los pulmones de una presión de aguas profundas y negras.

A duras penas me levanto, tropiezo con la silla y abro una de las ventanas. Con las manos apoyadas en el marco, saco la cabeza y me bebo el aire frío de la mañana, hasta que todo es una mancha blanca que me marea y tengo que cerrar los ojos.

—¿Qué pasa? —oigo a Rosario, a mis espaldas.

—Nada.

Las manos me tiemblan apoyadas en la ventana.

—No empieces.

—Mira —le digo—, mejor lo dejamos. Y seguimos otro día.

—¿Estás seguro?

—Sí.

Rosario parece dudar un instante.

—Tú sabes la pasta que te va a costar esto, ¿no? —dice.

No necesito darme la vuelta para saber que sonríe.

—Siempre puedes hacerme descuento.

Cuando me siento de nuevo, Rosario se suelta la goma del brazo. Luego se frota la muñeca, mientras abre y cierra los dedos para que circule la sangre, y las venas se van escondiendo bajo las pecas. Después se baja la manga del jersey y corre la silla. Va al salón, vuelve con el vapeador. Sentada otra vez, se coge una coleta. Cuando termina, un mechón mal enganchado se le suelta del flequillo y cae sobre su frente y el cristal de sus gafas. Con un soplido lo lanza hacia un lado de la cara, sin dejar de mirarme. Entonces, enciende el vapeador y aspira largamente.

Cricrí.

—¿Estás bien?

Cricricrí.

—¿Me oyes?

Cricricricricricrí.

—Sí —le digo—. Dame una calada.

Rosario calienta las sobras del ramen y come. Yo no.

Luego duerme un rato. Yo no.

A eso de las cinco le suena el teléfono. Se despierta, lo coge y apenas habla dos cosas. Cuelga.

—Tengo que hacer —dice.

—¿Ya?

—No. En un rato.

—Entonces ven —le digo, tendiéndole la mano, de pie junto a la cama—. Vamos a la ducha.

Después, vistiéndose con el pelo aún mojado me pregunta si estaré bien. Le miento.

—Toma, quédatelo —dice, dándome el vapeador—. Tengo otro en casa.

Lo cojo. Me lo acerco. Tiene el depósito casi lleno y le doy la vuelta, moviendo la burbuja de aire dentro del tanque de cristal. Ella me dice que el cargador está en el enchufe del salón. Luego vuelve al baño.

Desde la cama la veo ponerse las lentillas y encender el secador sobre sus cabellos rojos, que parecen estallar delante de la luz del espejo.

Cuando se marcha recojo todo menos la terraza. Ya lo haré mañana. Mientras, pienso en cómo se ha complicado todo. Con lo fácil que era hace nada, cuando decidimos hacerlo. Un vaso, una pajita, una cámara de vídeo. Y ya, me digo: fácil, limpio. Sin marcas. Pero se jodió. Se complicó. Al carajo por la puta disfagia.

Bajo la basura con todo eso en la cabeza. La noche es fría y he salido a cuerpo. Acelero el paso, con la humedad royéndome los huesos. El relente se condensa en los bancos del paseo marítimo y la luz de las farolas tiembla sobre ellos, encerrada en cientos de gotas de rocío. Más allá, el mar es una mancha negra que murmura.

Un gato romano ronda entre los contenedores al final de la calle. Me acerco y se esconde tras ellos, su cola culebreando a ras de suelo. Cuando piso el pedal para abrir la tapa, el chirrido asusta al animal, que sale corriendo hasta la acera de enfrente. Allí se detiene en un alcorque. Se sienta, gira la cabeza hacia mí y ya no se mueve, los ojos brillando. Lanzo la bolsa, suelto el pie y la tapa del contendor vuelve a su sitio con el mismo estruendo. Poco a poco, los ecos metálicos se pierden por el paseo y el silencio de la noche se posa de nuevo sobre las calles húmedas, como una bandada de pájaros oscuros. Entonces el gato se incorpora y regresa a la basura, como si yo ya me hubiera ido.

De camino al portal saco del pantalón el vapeador de Rosario. Lo enciendo y doy una calada profunda, llenándome del olor a fresa. De ella. Dos bocanadas más y lo guardo. Al ir a coger las llaves, una notificación vibra en el bolsillo trasero de mis vaqueros.

Leo el mensaje y me detengo en mitad en la acera, delante del zaguán.

Dante quiere que lo hagamos ya.

OLAS
Diciembre 10, 2008
Publicado por 4N4

———————

Dicen que lo primero que se olvida de una persona es la voz. Antes que su cara, sus gestos, mucho antes que su olor. También dicen que se tarda diez años en olvidar un olor y solo tres en olvidar una imagen. Yo no tengo nada de eso. No pude verte. Tampoco oírte ni olerte. No estabas cuando desperté.

Yo lo único que tengo para recordarte son tus movimientos dentro de mí.

Aquellos suaves remolinos del principio, a veces como el aleteo de un pez, burbujeando. Eras mi pececito, ¿recuerdas? De cola larga que me hacía cosquillas. Otras veces como pompas de jabón, flotando y explotando, salpicándome por dentro. Luego vino el hipo. El balanceo después, las volteretas, los giros y torsiones. Te estirabas y empujabas, me golpeabas, me ahuecabas como a una almohada. Me dejabas sin aire, haciéndome cómoda para ti. Llenándome, como se van llenando las casas.

Es raro, acordarse por dentro. Recorrerme para recordarte. A través de mí. En mí. Siendo yo, pero sin serlo. Una memoria de roces y de agua.

¿Cuánto dura el recuerdo de un movimiento?
¿Más que una voz?
¿Menos que un rostro?

¿Cuánto tarda el mar en olvidar las olas que se alejan y rompen, dejando un eco de espuma en el aire?

Cuánto, dime, mi niña estrella.

12

Sábado

—¿Entonces? —me pregunta Dante en la silla de ruedas, junto a la mampara de la ducha.

—Entonces qué —contesto, haciéndome el tonto. Luego abro el grifo.

No ha esperado ni dos horas para sacar el tema.

—Que si lo has pensado.

—No, Dante. No lo he pensado.

Le pregunto cómo está el agua, para cambiar de conversación. Dice que caliente. Giro la maneta del grifo hacia la derecha y dejo que corra por el lavacabezas, y vaya cayendo por el tubo que desagua en la ducha, hasta que se enfría un poco.

—Mira que te lo dije —sigue—: tienes hasta el sábado que viene. Piensas de qué crees que yo me arrepiento más y me lo cuentas. Y al revés. A ver si adivinamos.

Ah, coño. Eso.

—Perdona —le digo—. No he vuelto a acordarme.

Ajusto los tapones en sus oídos y empiezo a mojarle la cabeza, echándole el pelo hacia atrás despacio, cuidando de que no rebase los bordes del lavacabezas. Con esa extrañeza de lavar con los guantes puestos, como de agua seca.

—Dale —dice—. Va.

—Está bien.

Quizá mientras estemos con esto no me sacará lo otro y, con suerte, se le olvida hasta el sábado que viene.

Sus cabellos se empapan y pierden el volumen entre mis dedos. Al tiempo, pienso en voz alta que lo obvio sería que se arrepintiera de haber subido al coche aquel día, con Marta, pero lo obvio no da juego.

—Y a ti —le digo a Dante— lo que te gusta es jugar.

—Eso —dice—, y que del azar no te arrepientes. Como mucho te lamentas.

Dante me explica que, para él, el arrepentimiento implica un cambio. Un querer corregir algo.

—No hay nada de eso en ir de copiloto y partirte la espalda —dice—. Solo mala suerte.

Cierro el grifo. Dante no va a dejar que escape tan rápido y me dice que piense, que siga probando. Estiro la mano y cojo el champú del mueble que hay junto al lavabo. Al acercar el frasco, veo que Germán ha comprado uno distinto al de siempre.

—Tu padre —le digo sin pensar.

—Mi padre qué.

—Tu arrepentimiento. Tiene que ver con Germán, pero no sé qué.

Abro el tapón y me acerco el champú a la nariz. Aprieto el envase, liberando el olor. Olfateo el aire. Mandarina. Mandarina y limón. Como los dos a la vez. Giro la botella y leo en la etiqueta: bergamota.

—¿Tú te acuerdas de la serie del Quijote? —me pregunta.

—¿Aquella de dibujos?

—Esa.

Mientras le enjabono el pelo, Dante me cuenta que de niño se obsesionó con ella. Como solo los críos se obsesionan con las cosas. Tanto, que Germán le compró una edición infantil de la novela y se la leía todos los días para dormir. Al cabo de unos meses acabó grabándosela en una cinta de casete con el magnetófono que tenían en casa, para que se la pudiera poner cuando quisiera. Sus noches, le cuenta su padre, sonaban a caballerías al final del pasillo, avanzando y rebobinando aventuras a golpe de botón.

—Hasta que me cargué el radiocasete —dice.

El caso es que un día, me sigue diciendo, al cruzar La Mancha en coche paramos en un pueblo, junto a un molino de viento. Bajamos. Mis padres abrieron el maletero y allí estaba: un disfraz de Don Quijote.

—Es lo más bonito que he visto en mi vida —dice, levantando los ojos desde el lavacabezas—. Con su armadura azul. Su escudo, el yelmo y hasta una lanza.

En cuanto se lo puso, sigue contando, donde antes había un molino, amenazaba de pronto un gigante cuyos brazos debían de medir casi media legua. Qué gigantes, mi señor, le dijo Germán con voz y ademanes de Sancho. Aquellos que allí ves de largos brazos, le respondió, picando espuelas, acometiendo a la descomunal criatura.

—Te puedes imaginar lo que vino después —dice.

Mis dedos se detienen en su nuca con los dedos enguantados, masajeando la base del cráneo. Dante, entretanto, me habla de ese crío de seis años disfrazado de caballero andante, haciéndose el moribundo al pie de un destartalado molino de viento, mientras su padre trotaba hacia él para socorrerle. Vociferando teatralmente, cogiéndole en brazos y llevándole hasta el Seat 124 verde donde les esperaba la Sabia Urganda con el Bálsamo de Fierabrás.

—Mi madre —añade, mirándome otra vez desde ahí abajo.

Durante unos instantes en el baño solo se oye la espuma del champú deshaciéndose en sus cabellos y el zumbido de la luz del espejo detrás de nosotros.

—Mi padre me enseñó que hay un lugar donde las aldonzas dulcinean. Yo en cambio —me dice—, ni siquiera he sido capaz de hablar con él.

Abro el grifo para enjuagarle y le digo que hay muchas formas de hablar y que, de alguna manera, lo habrá hecho, aunque no sea consciente. Dante contesta que no, y percibo una inflexión en su voz.

—Hablar de verdad —dice—. De mí. De todo esto. A lo mejor si lo hubiera hecho se lo habría pedido a él.

—¿Pedirle qué? —le pregunto.

Al decírselo me atraviesa una intuición. Una mala.

—Lo que te he pedido a ti —dice—. Eso de lo que te arrepientes tanto.

Ya está, me digo.

Todo esto era por eso. Toda la historia. No lo he visto venir y las cosas se aceleran de pronto.

Durante un tiempo impreciso Dante y yo no discutimos. Solo nos lanzamos frases, como a pedradas. Hasta que las palabras comienzan a entrelazarse y nos agarramos a ellas, igual que dos boxeadores sudorosos que se abrazan para coger aire.

—No me arrepiento —le digo.

—Mentira.

—No es eso.

—Para —dice—. Me niego a tener esta conversación otra vez. Que si no es lo que hablamos, que si las cosas han cambiado, que si el artículo 80.

—Han cambiado.

—No —dice—, no lo han hecho. Sigue siendo la misma maldita cosa.

—Para ti —le digo—. Para mí no.

—Creía que se trataba de mí. De ayudarme.

Sus ojos me enganchan y callo, los hombros tensos.

—Además —dice—, sabes de sobra lo que pasó.

—Sí —le digo—. Que decidimos esperar.

—¿Nosotros? —dice—. Mírame, coño. ¿Tengo yo pinta de decidir algo?

—No es mi culpa.

—¿El qué no lo es?

—Que no despenalicen —le digo—. Que tú antes pudieras tragar. Porque así era fácil: el vaso, la pajita, como el Sampedro. Pero ya no.

—Fácil para ti —dice.

—Sí, para mí.

—Eres un hijo de puta.

Sin cerrar el grifo, rodeo la silla de ruedas con los guantes llenos de jabón y me planto delante de él, inclinándome hacia el lavacabezas. Acerco la cara a la suya y siento su aliento caliente.

—¿Sabes lo que te digo? —le digo—. Que sí.

—Cómo que sí.

—Que vamos a hacerlo. Pero como dijimos al principio. Lo preparo, te lo bebes y esperamos, ¿sí? A ver qué pasa.

Dante mueve la silla de ruedas hacia atrás, hasta que el lavacabezas topa con el lavabo.

—Bueno, tampoco es eso —dice.

—Nos ha jodido —le digo—. Porque si te atragantas y el barbitúrico hace efecto antes de tiempo, ¿qué?

Dante no contesta.

—¿Te lo digo? ¿Te digo cómo te puedes quedar?

Silencio.

—Lo que pensaba —le digo, apartando la cara—. El plan B.

—El seguro.

—El seguro para ti.

—Ya estamos —dice.

—No, ya estamos no. Si la aguja deja marca, me caen de dos a cinco años.

—Ya salió. El puto artículo 80.

—Pues claro, joder —le digo, golpeando con la mano uno de los reposabrazos de la silla de ruedas—. A ti te preocupa sufrir, quedarte peor. A mí entrar. Y si me cae eso, entro.

—Supongo —dice. Y hace una pausa.

Una larga.

—Supongo que podríamos practicar una vez —añade—. Si quieres.

Los latidos me martillean las sienes. Siento el hormigueo de la tensión en el brazo izquierdo.

—Ya he practicado —le digo—, y no funciona.

El grifo sigue abierto. El agua corre por el lavacabezas y el pecho de Dante parece un fuelle, subiendo y bajando. Hay una espera. Un silencio quebradizo y espantoso, como el que sigue al chasquido en un lago helado.

—Entonces no lo vas a hacer —dice.

—Yo no he dicho eso —contesto—. Lo estoy pensando.

—Vete de mi casa.

—¿Qué?

—Que te vayas.

Nunca había visto así los ojos de Dante. Dos lagos de fuego.

—No digas tonterías —le digo, agarrándole del brazo.

—Suéltame.

A partir de aquí todo ocurre con un desfase. Con ese retraso entre que las cosas pasan y las percibes. Como en un tormenta, cuando el relámpago y el trueno se suceden a destiempo.

Hay insultos, reproches. De pronto, Dante acciona hacia adelante la silla de ruedas para embestirme, y arranca el tubo de desagüe del lavacabezas. Siento el golpe del reposapiés en las espinillas y un calambre me recorre las piernas. El agua se derrama por todas partes. Salpicando de espuma el espejo, mojándome la cara y la ropa, mientras Dante maniobra para darse la vuelta y salir del baño, golpeándome una vez y otra vez. El ruido del motor se mezcla con nuestros gritos y los impactos de la silla contra la puerta y el mueble del lavabo. Con la mano derecha agarro una de sus empuñaduras y las ruedas patinan con el jabón, volcándose. Dante cae al suelo y la silla se estampa contra la mampara, haciéndola añicos. Una lluvia de cristales estalla sobre nosotros y él aúlla y llora empapado, y me grita que me vaya hasta partirse la voz, tumbado bocarriba en el charco del baño, con las extremidades retorcidas hacia el techo, como un animal que no puede darse la vuelta.

Germán tarda menos de dos horas en llegar.

Dante y yo no nos hemos dirigido la palabra en este tiempo. Ahora se limita a asentir desde la cama, mientras le enseño a su padre el destrozo en el baño, y le explico dónde estábamos cuando el motor de la silla, incomprensiblemente, ha hecho un extraño y se ha lanzado contra la mampara.

—Tú vete ya —me dice Germán—. Yo llamo al seguro.

Afuera de la casa la luz es gélida y blanca. Las aves sobrevuelan la sierra de una forma extraña, caótica. Como nerviosas. Saco del bolsillo el vapeador de Rosario y me lo acerco a la boca. Solo entonces me doy cuenta de que me tiemblan las manos.

Ya en el coche, de regreso a casa, suena un mensaje. Es un audio de Tomás.

Que vaya mañana temprano.

QUE SE CALLEN
Junio 9, 2008
Publicado por 4N4

Mejor ahora que después de nacer.

Si Dios no ha querido es por algo.

La próxima os sale bien.

Aún sois jóvenes.

Ya tendréis más.

Tienes que pasar página.

Ya deberías estar mejor.

Siento mucho lo de tu aborto.

13

En algún momento entre sábado y domingo

Hay un fotomatón.

Estoy dentro. Sentado.

Las manos en las rodillas, la cortina corrida. Mirando mi reflejo en el cristal negro que tengo delante. El flash de repente. Su fogonazo me ciega. Al disiparse, el del vidrio ya no soy yo. Es la niña sin ojos de cara borrosa, oscura como una sombra. Espantosa. Mirándome sin tener con qué. Atravesándome.

Otro flash. Parpadeo. Ana. Ahora el reflejo es Ana. Quieta en el cristal, como proyectada. Acerco la mano y ella sonríe de pronto y al abrir la boca se le cae un diente y luego otro, y después todos los dientes hasta convertirse en una mueca de encías negras.

Otro flash. Aparto la vista. Vuelvo al cristal y ahogo un grito.

Mi cara está borrosa y sin ojos y en la boca desdibujada asoman dientes que no son míos.

Otro flash.

Despierto de golpe.

Buscando aire, como después de demasiado tiempo bajo el agua, esa presión en el pecho.

Me incorporo en la cama y apoyo la espalda en el cabecero, boqueando aún. Cuando recupero el resuello cojo el móvil de la mesita de noche. La hora de siempre. Entro al chat con Ana para contarle el sueño y veo mi último audio, hablándole de la pesadilla anterior. Encima de ese audio, otro y antes uno más, de hace dos semanas. Cuando me escribió Tomás para decirme que su mujer había muerto y volvieron los sueños de la niña. Y sigo hacia atrás. Subiendo con el dedo. Haciendo scroll por las decenas de mensajes de voz que se amontonan en mi lado del chat, contándole a Ana cada sueño desde que empezaron. Un audio tras otro. Sin doble check. En el limbo de los mensajes de voz que nunca llegan, que no se escuchan. Subo hasta que aparece un mensaje en el lado de Ana y detengo la pantalla.

El último que me envió, hace casi dos años.

Un audio también.

Subo el volumen y le doy al play.

Su voz, otra vez. Aquellos dos segundos exactos.

Cómo pudiste olvidarla.

14

Domingo

La llama de la vela de té se va debilitando en el aparador. Cuando amaga con apagarse, las sombras del salón se tambalean sobre las paredes, como si la luz tropezara.

Sentado en el sillón, juego con el vapeador de Rosario entre los dedos hasta que la vela se consume y la noche se traga la estancia. Segundos después huele a cera quemada. Me levanto del sofá y miro el reloj. Casi las cinco. Me duelen los huesos y siento detrás de los ojos ese frío de no haber dormido.

En la cocina hago café. Después, una tortilla de patatas. Cortando la cebolla así, en trozos gruesos. Dejándola a fuego muy lento, para que caramelice y coja ese punto dulce. Sin batir los huevos, rompiéndolos con apenas unos golpes de varilla.

Los fogones fueron lugar común con Tomás. Él cocinaba en su casa y yo en la mía, y lo aproveché entonces para encontrar el halago donde es más caro. Sucede que, en su pueblo, la gente lleva comida a los velatorios y esta visita, me digo, lo será de alguna forma.

Doy la última vuelta a la tortilla. Dejo que se atempere en el plato antes de meterla en el táper, para que no se cuaje del todo con el calor residual. Mientras, me ducho con agua hirviendo y regreso a la cocina a por otro café.

Salgo poco después de que amanezca.

No había vuelto a coger esta carretera desde aquella vez, hace dos años. Cuando me llamó la madre de Ana y reconocí su voz nada más descolgar, pese al tiempo. Solía decirle que una suegra no debería tener la voz tan bonita. A ella le divertía que se lo dijera, pero ese día no lo hice. Ya no le habría hecho gracia. Yo había dejado a su hija seis años antes.

Se ha muerto, me dijo a bocajarro, como esa mujer decía las cosas. La enterramos hace dos meses. En el pueblo.

Entendí que no me hubiera llamado antes, aunque habría ido. Se lo dije. Le dio igual. Se encargó de hacerme saber que aquello no era una conversación.

Te llamo solo porque Ana me pidió que te las diera, me dijo. Quiso que las tuvieras tú.

No hizo falta que me dijera a qué se refería. Al día siguiente fui a por las cenizas de Eme.

Esa vez no cogí la autovía. Preferí la cadencia de las rotondas que discurren aburridas junto a la costa, con el mar cambiando de color según avanzaba la mañana. Aquel día, además, salí más tarde. Entrado el mediodía. Entonces sabía lo que iba a buscar a esa casa y no tenía prisa por llegar. Hoy no lo sé. Hoy la urgencia no cabe en esta carretera. Por eso, me digo al retrovisor, voy a entrar en la autovía en cuanto eche gasolina.

Y no saldré hasta llegar allá.

Son poco más de las diez y media cuando apago el motor delante de la casa de los padres de Ana.

El mismo chalé que hace esquina, ahora pintado de blanco y gris. En la calle, los jacarandás son pura rama y un par de palomas torcaces emprenden el vuelo con el portazo del coche.

El viaje ha sido largo y aquí hace más frío, y tardo más de lo habitual en desenganchar la rodilla mala. Cuando lo consigo llamo al videoportero. Nadie sale a recibirme. La voz metálica del telefonillo me avisa de que la puerta está abierta. Entro y cruzo el jardín. En el muro de la piscina echo en falta los macizos de lantanas. La última vez estaban, así que los arrancarían después de morir Ana. A ella le gustaban. Más de la mitad de las fotos que nos hicimos en esta casa tuvieron de fondo aquellas flores. Ahora en su lugar está la piedra desnuda, como el hueso de la casa. Sigo andando hacia las escaleras y a ambos lados del camino de loseta se amontonan los sacos de basura, rebosantes de ramas y hojas. Es pronto para podar y pienso en Tomás haciéndolo para tener ocupada la cabeza después de enterrar a su mujer. Al fondo de la parcela, en cambio, el níspero está intacto y henchido de frutos que han despuntado antes de tiempo.

Tomás está de pie junto al árbol. Esperándome.

Me cuesta reconocerle sin el bigote. Nunca le vi afeitado y ahora lo entiendo: Tomás no tiene labio superior. Ni un borde de carne. Solo una línea tensa llena de arrugas, como a punto de romperse. Así, sin bigote y calvo, el padre de Ana me recuerda a un gato egipcio, de esos sin pelo. Tiriciosos y arrugados, como incompletos, y me pregunto cuánto de ese faltarle algo a Tomás será por el bigote y cuánto por su mujer y por Ana.

—¿Ya no vas al monte los jueves? —le digo, todavía a unos metros de él.

—Ni los jueves, ni ningún otro día —responde, tocándose el pecho—: dos stents y un marcapasos.

Sus ojos azules me sobrecogen. Es como si Ana se escondiera dentro de él.

Camino hacia Tomás y le doy la bolsa con el táper. Se la acerca a la cara y abre las asas para meter la nariz. Cuando huele la tortilla levanta la mirada de la bolsa y creo ver en ella un atisbo de complicidad, pero no dice nada. Deja la bolsa en la mesa que hay bajo la pérgola, sube las escaleras y entra en la casa. Al poco, sale con dos platos y cubiertos, otra fiambrera y un par de tercios sin alcohol.

—Solo me dejan beber de estos —dice, levantando los botellines con una mano.

Me invita a tomar asiento y le ayudo a colocar todo. Luego abre el táper que ha traído, enseñándome lo que hay dentro.

Era eso, el destello de complicidad. Pisto de calabaza. Tomás siempre hacía pisto para acompañar a la tortilla.

Aunque sea de casualidad, parece una tregua, así que me agarro a ella. Nos sirve y empezamos a almorzar en silencio.

—¿Las tienes tú? —me pregunta.

—Sí —respondo, sabiendo que se refiere a las cenizas—. ¿No te dijo tu mujer?

Tomás deja el tenedor apoyado en el plato.

—No me contaba nada —dice, cogiendo la cerveza y dando un trago—. ¿Cuándo viniste?

—Hará dos años, casi.

—Claro —dice—. Cuando Ana.

Coge de nuevo el tenedor y pincha un trozo de tortilla. De camino a la boca se le cae un pedazo, esparciéndose sobre su plato.

—Trae el pan, ¿quieres? —dice Tomás—. Seguro que aún recuerdas dónde lo guardamos.

No se equivoca.

Subo los escalones del porche y entro en la casa. Frente al recibidor están las escaleras. Me asomo. Arriba, en el hueco, veo el macetero con la monstera de hojas brillantes que recordé en los juzgados. La planta aviva los recuerdos de la última vez que estuve aquí, bajando estos mismos escalones con las cenizas en las manos, el irme sin mirar atrás. Meto la mano en el bolsillo del pantalón y busco el vapeador de Rosario. No para usarlo, ni siquiera lo saco. Solo necesito tocarlo, saber que está ahí, como un ancla al presente. Respiro y miro a la izquierda, donde se abre el salón. Desde la puerta solo reconozco la vitrina de figuras de cristal y la foto en blanco y negro ampliada que Tomás hizo a los camellos en el abrevadero, cuando la mili en el Sáhara. Lo demás es distinto y han quitado el papel de pared. Agradezco el cambio. Alivia la sensación de regreso. A la derecha, en cambio, la cocina está igual. Hasta el trapo de cocina verde que cuelga del tirador del horno me parece el mismo de entonces. Entro y voy hasta la nevera. Junto a ella, abro la puerta del armario bajo. Saco el cajón corredero y cojo la media barra que hay envuelta en una bolsa de papel. El cuchillo del pan también está donde recordaba.

De nuevo en la pérgola, Tomás me cuenta que al volver del pueblo se puso a organizar las cosas de su mujer, y se asustó al no encontrar las cenizas de la niña donde debían estar.

—Por eso te llamé la primera vez —dice, cortando un trozo de pan.

Luego deja el cuchillo y me explica que sabía que ella las guardaba en el dormitorio. En su parte del armario, pero solo eso. Nunca lo abría delante de él. Nunca las sacaba. Sin embargo, unas pocas noches la oyó levantarse de la cama y cogerlas, creyéndole dormido. Después notaba cómo se hundía el colchón a los pies, cuando ella se sentaba con la urna en el regazo.

—Entonces le hablaba.

Le decía cosas a la niña. Flojito, me dice; apenas un murmullo. Como un hilo de aire. Por eso le extrañó que dejara de hacerlo después de casi diez años. Sin embargo, al coincidir con la muerte de Ana, pensó que podría estar relacionado y no le dio más importancia.

—Cómo iba a pensar que las tenías tú. Además —dice—, cuando pierdes una hija, todo te parece ya que tiene que ver con eso.

Los ojos de Tomás se quedan entonces enganchados en el aire, como asomados a un lugar del que no saben volver.

—Vine —le digo— porque me llamó tu mujer.

Tomás regresa de donde estuviera.

Apuro la cerveza y le cuento. Lo que me dijo por teléfono la madre de Ana. La conversación con ella a la mañana siguiente, sentados aquí mismo. En esta pérgola. Ese tono tan suyo: corto, curvo, de cuchillo de desollar. También le cuento que después subimos, que me dio las cenizas. Que salí con ellas y me marché, dejando tras de mí todas las puertas abiertas.

Tomás me escucha sin decir nada. Cuando termino, él descruza los brazos, apoya las manos en la mesa y se me acerca.

—Entonces no te lo dijo.

—¿Decirme?

—Sí. Que no se murió —contesta—. Que Ana se mató.

Tomás abre otro botellín y la chapa cae al suelo, tintineando sobre las baldosas.

Me lo acerca. Doy un trago largo y me despejo un poco.

—¿Cómo? —le pregunto.

—Como la otra vez —dice—. Solo que esta se tomó el doble.

—¿Seguía con las pastillas?

—¿Alguna vez las dejó?

Supongo que no.

Fui un ingenuo al pensar que lo habría conseguido después de marcharme, convenciéndome de que aquello sirvió de alguna forma. De que la dejé por su bien y no solo por el mío.

Aparto el plato a un lado de la mesa y con el canto de la mano voy recogiendo las migas del mantel. Después las amontono, delante de mí. No puedo preguntárselo a Tomás sin que suene mal, pero lo hago de todas formas.

—¿No notasteis nada? —le digo—. Ya sabes, antes. Alguna señal.

—¿De que fuera a suicidarse?

Tomás calla un instante, y sus ojos helados confirman que no debí preguntárselo.

—¿Tú viste alguna señal? —me dice—. Ya sabes. Cuando intentó matarse estando contigo.

No respondo.

—Pues deja de decir tonterías.

Luego me dice que no se explica que su mujer no me lo contara cuando vine. Ella no dejaba escapar esas cosas y tiene razón. En eso Ana salió a su madre: las dos tenían esa devastadora capacidad para detectar tu punto débil y destrozarte con una frase. Así que no, le digo a Tomás, yo tampoco entiendo por qué no me dijo que Ana se suicidó.

—A menos que... —añado.

—A menos que qué.

—Que quisiera que yo me enterase así. Tiempo después —le digo—. Y que no contármelo fuera su forma de decirme que yo tuve la culpa.

—¿Y no la tuviste? —dice Tomás, clavándome sus ojos que son los de Ana.

La pregunta es un golpe en el diafragma. Me deja sin aire. Él se da cuenta, coge mi cerveza y me la tiende.

—Anda, bebe.

Ambos bebemos. Varias moscas revolotean sobre los restos de comida en los platos. Ni Tomás ni yo hacemos por espantarlas.

—Lo siento —le digo.

Tomás corre la silla hacia atrás y se levanta.

—Vete a la mierda —dice.

Luego apila las cosas de la mesa, las coge y va hacia la casa. Al poco, la ventana de la cocina suena a grifo y cacharros. Cuando callan, minutos después, Tomás asoma la cabeza.

—Entra —dice—, que te doy eso.

Eso.

Casi se me olvida, con lo de Ana.

De pronto se me viene todo encima. Como una ola que te revuelca y arrastra sin que sepas hacia dónde sacar la cabeza para respirar. Me obligo a ponerme de pie. Doy dos sorbos más a la cerveza. Largos. El segundo trago me levanta un poco y camino hacia el porche. Cuando entro, Tomás me está esperando junto a la puerta de la cocina, secándose las manos con el trapo verde del horno.

—Abajo —dice, echándose el trapo al hombro.

En el sótano está el salón de Tomás. El de su mujer era el de arriba, el bonito, el de las visitas. Dejo que pase delante y, viéndole bajar los peldaños, me pregunto la edad que tendrá. Tantos, me digo, incapaz de sacar la cuenta. Bajamos, yo tras él, la mano en el bolsillo agarrada al vapeador.

Además del salón, Tomás sigue teniendo aquí su pequeño estudio.

—¿Aún haces fotos? —le pregunto.

—Paisajes, sobre todo —dice—. Ya sabes. Me he quedado sin modelos.

No he conocido a nadie que haga más fotos que Tomás. En todas las ocasiones, a cada momento. A todos. Con cualquier tipo de cámara. Después pasaba horas en aquel estudio. Descargándolas y clasificándolas, editándolas. Y al día siguiente recibías un correo suyo enviándote la selección que había preparado para ti. Siempre que iba a su casa, daba igual la hora, desde el jardín se le veía por el ventanuco del sótano sentado aquí abajo, delante del ordenador. Aquel ordenador de sobremesa y el monitor de culo son ahora un portátil y una pantalla plana de veinticuatro pulgadas. Tras el escritorio, en la librería, y delante de las viejas cubiertas de Círculo de Lectores, veo una foto que antes estaba arriba, en el otro salón. Una que no hizo Tomás, sino que hice yo: la que le tomé a Ana en Roma, al salir de la heladería Quinto. Con aquel vestido de flores azules y negras que tanto le gustaba. Antes de Eme. Antes de todo. O quizá cuando todo. Cuando mirarme en los ojos de Ana me devolvía una mejor versión de mí mismo.

Tomás coge unas gafas de su mesa y se las cuelga al cuello por el cordón atado a las patillas. Después se sienta en el sofá y le acompaño.

En la mesita de delante hay un móvil cargando. Uno muy antiguo.

Lo reconozco enseguida porque tuve el mismo modelo: un N70, el de la cámara con la tapa que se deslizaba por detrás. El mío era negro, el de Tomás es plata. Sin desenchufarlo, lo coge y pulsa el botón para encenderlo.

—Es tan viejo que si le quito el cargador se apaga —dice—. Como yo con el marcapasos.

Luego se pone las gafas. La pantalla del teléfono se ilumina y la luz se refleja en los cristales, delante de sus ojos. Siento que aquí abajo el tiempo se ralentiza y hay una parsimonia que me desespera. Entonces suena la melodía de inicio de Nokia.

—Qué recuerdos, ¿eh? —dice.

—Tomás —le corto—, ¿me vas a decir qué hago aquí?

—El hospital —suelta—. Cuando la cría.

Mi cuerpo de pronto se pone alerta, la nuca erizada, como una bestia oliendo peligro.

El padre de Ana se quita las gafas y las deja caer sobre su pecho. Después me dice que ella y yo no lo vivimos, porque somos más jóvenes, pero ellos sí, y que muchos de su generación tienen un recelo con eso. Un no fiarse. Porque el que no conoce a uno conoce a otro, y ese otro sabe de alguien al que sí le pasó.

—¿Entiendes? —dice.

—¿Se puede saber de qué coño hablas?

—De bebés robados —responde—. Del franquismo, las monjas. De eso hablo. De que te decían que tu hijo había muerto en el parto.

Tomás baja la cabeza y trastea las teclas del móvil unos segundos. Después vuelve a mirarme.

—Tú no la viste —dice.

—Se acabó —le digo, levantándome—. No he venido a oír esta mierda.

—Claro que no —contesta, cogiéndome del brazo.

El azul de sus ojos parece de repente menos frío, más amable.

—Te he llamado para decirte que yo sí la vi en el hospital.

La frase me aplasta contra el sofá como un yunque.

Después Tomás me explica que no podían quedarse así, su mujer y él. Con esa duda. Que cuando les dije que me habían ofrecido verla y contesté que no, hablaron con una enfermera. Por si acaso. Que insistieron y les dijeron donde la tenían: en un cuartito, junto al quirófano. Y entonces, entraron a verla.

Sin decir nada más, el padre de Ana me tiende el móvil con la mano.

Cojo el teléfono. Lo giro hacia mí y miro la pequeña pantalla.

En ella hay una foto.

Una foto a baja resolución de un bebé muerto.

15

Domingo todavía

De regreso paro a pillar una botella de whisky y dos gramos. No espero a casa. Pongo las luces de emergencia. Tac-tac, tac-tac. Junto al arcén, en el coche, me hago una. Aprisa, encima del móvil. Sin picar apenas la farlopa. Da igual. Borrar la imagen, que se vaya de mi cabeza, tac-tac, tac-tac. Eso quiero. Me la meto y sorbo. Sorbo fuerte, con ruido. Rascándome por dentro. Haciendo bajar los grumos a la boca, tac-tac, tac-tac. El sabor a yeso. Me paso la lengua por los dientes, cierro los ojos. Apoyado en el volante, esperando, tac-tac, tac-tac. Hasta que se me adormecen las encías y sonrío. Una sonrisa nerviosa. No sentir. No verla, tac-tac. Eso quiero. Tac-tac.

En casa voy a degüello. Según entro una copa, dos rayas más. Estas sí, bien picadas, largas. En la mesa del salón. Trabajándolas con el carné, hasta verlas parejas. Las esnifo seguidas, por el mismo lado. La segunda me atraviesa como un rayo de vidrio, clavado tras los ojos. Luego se apaga un instante y estalla, llenándome de colores.

Bailo. Pongo las sesiones más oscuras que encuentro en Soundcloud y me dejo llevar por la música. Wollenhaupt, Regis, Orphx, Cindytalk. Una tras otra. Ritmos machacados, obsesiones negras. Como una maza de hierro golpeándome el pecho.

Industrial, metalúrgico. Alemán. Nada como el techno alemán para esto. Bailo hasta reventarme. Durante horas. El corazón rebotando como una bola en un pinball de huesos. Hasta no poder más. Hasta que caigo al suelo, mareado y exhausto, sudado, la ropa pegada al cuerpo. Jadeando boca arriba, la base electrónica vibrando en mi espalda. De pronto el techo comienza a subir y se aleja hacia arriba, pero la lámpara no. La lámpara cae y se me viene encima, descolgándose mientras el techo sube y sube, desenfocado cada vez más lejos; estirando el salón como un chicle delante de mis ojos. Grito y me cubro con los brazos, para detener el golpe, aunque nada sucede. Aparto las manos y la lámpara sigue ahí, colgada del techo, en su sitio, como todo lo demás. Mi cabeza parpadea. Tiembla débil, como la llama de una vela a la que soplas flojo. Entonces se apaga, justo cuando los dedos del día vienen hacia mí, en una mano que corretea por el suelo desde la terraza.

Despierto y huele a vómito. Aparto la cara del charco. Por el pelo me resbalan restos que caen con ruido viscoso. Entonces una arcada, ácida y seca. El paladar me arde. Escupo al suelo, así que estoy en el suelo: entre el sofá y la mesa, afuera es de noche. Me levanto y bordeo los muebles para ir al baño. El pasillo es una garganta. Un gaznate negro que me echa en la cara su soplo helado. Estremeciéndome. En el baño meto la cabeza debajo del grifo. Dejo que el agua me corra fría por la nuca hasta templarse. Apoyo las manos en el lavabo y echo el cuello hacia atrás, sacudiéndome como una bestia empapada. Las gotas resbalan por el espejo, desdibujando mi rostro de ojeras azules, el pelo pegado a la frente. Salgo del aseo con el bigote chorreando y la ropa adherida a la barriga. En la cama está mi abrigo. Al lado, sobre la colcha blanca, el Nokia de Tomás. La foto vuelve y huyo al salón, pero todo es lento y pesado y metálico, con eco. Como llevando la escafandra de un buzo. Vuelco la coca que me queda en el cristal de la mesa, agarro el turulo y adentro, tal cual. Sintiendo los trozos lijarme el tabique, llegar al cerebro, mientras lamo del plástico los restos blancos de polvo.

Voy y vuelvo. Intermitente. Como un tubo de neón a punto de fundirse. El mismo zumbido. Me voy otra vez, regreso. Es de día. Llaman abajo. Traen pizza. No recuerdo pedirla. Tampoco el hambre, hasta que huelo el queso grasiento y entonces me arrolla: un hambre violenta, de tripas pegadas y secas. Sentado en la terraza engullo una porción y otra y otra. Sin masticar, entre tragos largos de cerveza caliente. Doblando los trozos de pizza aceitosos, los dedos pringados de rojo y el sol apagándose en el mar violeta como un cigarro en una copa con restos de vino. De pronto la noche. Metiéndose pesada en mis bolsillos, arrastrándome al fondo hasta quedarme sin aire.

El faro de la moto aparece en la otra punta del paseo. Por fin. Viene despacio. El haz de luz frena, sube, baja en cada resalto del malecón. Como tijeras cortando el asfalto. Se me hace eterno. Cuando llega a la esquina, para, donde le he dicho: en los contenedores. Saca algo que se ilumina y al poco mi móvil vibra en la mesa. Rechazo la llamada. El teléfono tiembla en mis manos. Cojo el abrigo de la cama. Guardo el vapeador de Rosario en el bolsillo y bajo, dejando en el ascensor una cortina de fresa. Salgo del portal. La calle brilla recién baldeada y el cielo parece un paraguas abierto. En la otra acera un hombre fuma mientras su perro mea un bolardo. Cruzo y me paro frente a la moto. Sin quitarse el casco dice mi nombre y es una chica y le digo tú no eres Julio dónde está Julio y mi voz suena pastosa, fermentada, y la chica que no es Julio se levanta la visera. Una raya choni en los ojos negros. Julio se fue dice, con acento latino, entonces, ahoritica Julio soy yo dice, y abre la riñonera que oculta bajo el plumas. Le pago a la chica Julio y me da la farlopa. Luego se baja la visera y mete puño. El estruendo del tubo de escape se aleja por el paseo y me giro al del perro, que me observa. Qué miras le grito y vuelvo al portal, la droga apretada en la mano. Subo. Vacío un gramo en la mesa. Entero. Cojo una punta con la esquina del carné y me la meto. Después otra. Y empiezo. Durante un rato solo se oye el golpeteo contra el cristal. Pisar, picar, repartir. Salen catorce. Clavadas. Una tras otra, en formación. Pasando revista. Catorce flechas, afiladas y blancas sobre el cristal. Todas iguales menos una, el doble de larga. Pongo la tele y miro a la terraza, las nubes redondas y negras, preñadas de noche. Vuelvo a la mesa. Al amanecer no llegan, me digo, esnifando la raya más grande de todas mientras en la televisión se abre un ojo.

Los episodios se suceden como en x4. Los subtítulos vuelan, las voces son hilos que se cruzan, trenzándose hasta convertirse en ruido blanco. Sudo. Sudo muchísimo y me desvisto. Me saco el pantalón y siento algo en la boca. Algo moviéndose. Me paso la lengua por las encías y noto un agujero entre dos muelas. Arriba, a la derecha. Hurgo con la punta en la mella, trasteando la carne hueca. Busco el diente. En la boca no está. Me agacho, miro por el suelo: entre la ropa, en las zapatillas, bajo los muebles. Nada. Vuelvo a palpar el agujero con la lengua. De pronto la muela de al lado se mueve, corriéndose hasta ocupar el hueco del diente que falta, clac, con un chasquido. Tanteo la melladura nueva y pruebo a empujar la muela del otro lado con la punta de la lengua. También se suelta. Se desliza por la encía y clac, tapa el agujero, dejando otro donde estaba antes. Me meto entonces la mano en la boca y empiezo a empujar los dientes para correrlos y llenar los sucesivos huecos que van dejando: clac-clac-clac-clac-clac-clac, desplazando la mella cada vez más hacia afuera. Primero los dientes de arriba, después los de abajo. Cuando se acopla la última pieza busco con el dedo el agujero en la encía. No lo encuentro. Está llena de dientes. Arriba igual. Raro, pienso, pasando la lengua por la dentadura. Muy raro. Adónde fuiste, agujero, me digo, parado de pie en mitad del salón mientras me orino encima, el calor bajándome por las piernas. Luego caigo al suelo. En la televisión Locke aporrea la escotilla, le grita a la isla. Se enciende la luz por dentro. Corte a negro.

Despierto de día, desnudo y temblando. Me vuelvo a la terraza. La mañana es de plata, el mar casi blanco. Agarro la manta del sofá y me envuelvo en ella camino de la cocina. Bebo del grifo del fregadero hasta que me duele la barriga y regreso al salón, una botella de vodka en la mano. Apago la televisión. Me hago la última. Tengo que esnifar tres veces para que entre, la nariz en carne viva. Luego me adormezco en el sofá, apoyado en el respaldo. Viendo al sol moverse con cada parpadeo, cada vez más bajo, más cerca del horizonte. Jugando conmigo al escondite inglés.

El viento golpea los cristales. Me levanto del sofá y cojo la ropa del suelo. Me visto. En la caja de la pizza queda un trozo revenido. Lo muerdo y la capa de queso se separa de la masa chiclosa, pegándoseme a los dientes como el protector de un boxeador. Cuesta tragarla. El resto lo tiro a la caja, que golpea las demás sobras con un ruido seco. Me quedo mirándolas sobre el cartón. Ana se comía los bordes que yo me dejaba. Cierro la caja y la dejo en el suelo. Destapo el vodka y me llevo la botella a la boca, la mano temblorosa. Bebo. Bebo sin respirar hasta que me lloran los ojos de los vapores de alcohol que suben por mi nariz.

La botella estalla contra la pared, agujereando el pladur. Voy al dormitorio y abro el armario. Arranco el cajón de sus guías, las piezas saltan. Lo llevo al salón, lo vuelco en la alfombra. Enciendo la luz. Me siento en el suelo y empiezo a esparcir a mi alrededor las fotos de Ana, sus cartas. Releo algunas, otras las rompo, incapaz de acabarlas. Doy una calada al vapeador con los labios dormidos y me levanto, pisando recuerdos que se doblan, se arrugan y crujen. Suena un tintineo. Miro el collage a mis pies y pienso en la pared de un poli forrada de pistas que apuntan al culpable: los cabos atados, el crimen resuelto. Afuera, el viento aúlla y se cuela por las tuberías del edificio, que suenan como las tripas de la casa. Hay algo orgánico en este piso, tras sus paredes. Algo como de células. Algo en este aliento frío y negro del pasillo, pienso, mientras me adentro en él hasta que llego al cuarto del fondo y abro la puerta, el tintineo de antes, una sombra verde en las paredes.

—*Maitei?*

Me sobresalto. La voz grita. Un martillazo de luz.

—¿Está bien? —dice.

El dolor de cabeza es espantoso.

La cara ancha de Fátima se forma delante de mí, los ojos negros y grandes.

—¿Qué pasó? —me dice—. ¿Qué es esto?

Esto.

Esto, de pronto, es el salón. El sofá. Olor a vómito, a orina y sudor. Cosas por el suelo. Pizza, botellas, latas. ¿Un cajón roto? Aprieto los dientes y una presión horrible me recorre la mandíbula. Como agujetas en el hueso.

—Te lo he dicho mil veces —le digo, sonando a despojo.

—¿Perdón? —dice, apartándose del sofá.

Me incorporo despacio y siento en las sienes cristales rotos. Busco el móvil. Está entre los cojines, conectado al Nokia de Tomás.

La foto me atraviesa los ojos. Ninguno de los dos teléfonos tiene batería. Me levanto y pongo el mío a cargar. Fátima observa, callada.

—Tienes que avisar antes —le digo.

Fátima mira la porquería a su alrededor.

—Disculpe —dice—. ¿Antes de qué?

Me pinzo entre los ojos con dos dedos, donde nace el tabique nasal. Rebobinando días.

—Antes de venir el lunes y no el jueves —respondo.

—Pero, señor —dice, mientras empiezan a saltar notificaciones en el teléfono—. Si hoy es jueves.

¿¡Jueves!?

Echo a Fátima a gritos.

Cuando abro la puerta para disculparme el ascensor ya no está. De repente me aplasta el bajón de después de meterse, esa tristeza sin fondo. Como tirar una piedra a un pozo y que nunca suene.

Qué cojones he hecho tres días.

Vuelvo al salón y me detengo en lo que hay en el suelo.

Veo las fotos esparcidas, sus cartas hechas pedazos. Me agacho a recogerlas y algo suena contra mi pecho.

Un cascabel.

Meto la mano y lo saco, tirando de una cadena que tengo al cuello.

El llamador de ángeles que Ana llevó en el embarazo.

Entonces, con el tintineo entre los dedos, me rompo. Me vengo abajo y caigo al suelo, como si se hicieran añicos los huesos de mis piernas. Desvencijado sobre nuestros recuerdos hasta que me duermo, enroscado alrededor de la memoria.

El corro de críos se abre y chilla y la niña aparece en el centro, dando vueltas. Tiene la cara tapada con un pañuelo rojo de cuadros, una estaca entre las manos.

Cuando deja de girar, la niña levanta los brazos y lanza un golpe, haciendo que los otros se aparten a empellones. La estaca dibuja un arco en el aire y choca el suelo. Sobre la cabeza de la niña la piñata se balancea intacta y mueve sus flecos de colores. Los críos abuchean el fallo, se acercan a ella hasta rodearla de nuevo. La zarandean, la empujan y berrean ¡A la derecha! ¡A la izquierda! ¡Adelante! La niña se recompone, irguiéndose. Sube las manos y con ellas el palo y descarga con todas sus fuerzas, jadeando. La estaca apenas roza la piñata, haciéndola girar sobre sí misma. El garrote impacta de nuevo contra el piso y la niña lo suelta, rebotando a sus pies. Los críos la acorralan otra vez, la increpan; sus bocas abiertas gritando delante de ella, llenándole de saliva el pelo y el pañuelo de la cara. Uno de ellos se agacha, recoge el palo y se lo pone a la niña una vez más entre los dedos. Sin respiro, la masa de manos la agarra por los hombros y brazos y la sacude, le da dos vueltas y la lanza hacia adelante, chillando ¡A la izquierda! ¡Atrás! Tambaleándose, la niña aprieta la estaca y la alza, y se queda así unos instantes, parada, con el palo por detrás de la cabeza. Boqueando bajo la tela del pañuelo, que se pega y separa de sus labios con cada aliento, el pecho subiendo y bajando, pesado. Entonces, da un paso al frente y suelta el golpe.

La piñata estalla en el aire con el estruendo de una bolsa de papel, liberando una polvareda gris que lo llena todo.

Los críos tosen. Luego se quedan muy quietos cuando la nube se abre y en el suelo no hay golosinas, sino un polvo oscuro y grueso que mancha sus zapatos, y la niña aparece delante de ellos. Cubierta de algo que parece ceniza y que tiene el color de los huesos.

Suena un timbre.

LO PEOR
Mayo 3, 2008
Publicado por 4N4

———

Que me subiera la leche.
Que también se llame baja maternal.
Que me desvele mi llanto, en vez del tuyo.
Despertar y que no estés.
Lo peor, con todo, no es eso.
Lo peor es saber que te maté yo. Dentro de mí. Con mi cuerpo.
Que te asfixié sin darme cuenta. Viendo una serie, paseando,
hablando por teléfono. O limpiando la cocina.
Porque ese día me dio por limpiar los azulejos. Hasta las
juntas, a fondo. Rasqué. Di estropajo. Subida a la escalera, de
cuarenta semanas. El puto síndrome del nido. Y todos los días
repaso cada cosa que hice ese maldito jueves. Todas. Las que hice
y las que no. Para saber. Qué fue, cómo lo hice. Lo que comí, lo
que bebí. ¿Por qué pescado y no carne? ¿Y si paseé demasiado esa
mañana? ¿O demasiado poco? Pero no, fueron los azulejos. Estoy
segura. O no. Yo qué sé. Igual no fue nada de eso.
Lo mismo, mi niña, te maté riendo.
¿Cómo puedo no saberlo?
¿Cómo se vive con esto?, dime.
¿Cómo puedo ser tu tumba, cuando debería ser tu cuna?

16

Viernes

Llaman a la puerta. Sin parar. Pulsando el botón con furia enfermiza.

Luego hay golpes. Puñetazos y patadas. Como echándola abajo.

Me levanto del suelo del salón y voy a abrir. Cada paso hacia la entrada me descose.

—Hostia puta —dice Rosario al verme.

—¿Tan mal? —le digo, la voz áspera, de caja de cerillas.

—Peor.

Al contestar se echa hacia atrás con una mueca en la nariz. Me doy cuenta de mi hedor y me vuelvo para verme en el espejo de la entrada.

Doy miedo.

—Cuatro días llamándote —dice, metiéndose en casa—. ¿Se puede saber qué coño te pasa?

Entonces llega al salón y se para en la puerta.

—Jo-der —dice, mirando la pocilga.

Se da la vuelta y me observa, mientras me tambaleo apoyado en la pared del pasillo, las piernas flojas.

—Pero tío —dice.

—¿Has traído el coche?

—Sí. ¿Por?

—Te lo cuento de camino —le digo—. Necesito que me lleves a un sitio.

Rosario se fija en el llamador de ángeles que cuelga sobre mi pecho. Coge el cascabel entre los dedos y se lo acerca, haciéndolo sonar. Me mira con sus pestañas rojas y da otra vuelta a la cadena alrededor de mi cuello, acortándola para que no quede tan holgada. Luego vuelve a apoyarlo con suavidad sobre mí, tratando de que no tintinee.

—Tú no vas a ningún sitio sin ducharte antes —me dice.

Cruza entonces el salón, sorteando las cosas esparcidas por el suelo, y abre las ventanas de la terraza. De pronto el aire limpio, el olor a mar y el revuelo de sus cabellos brillantes a contraluz. Parado contra el marco de la puerta, con la resaca acuchillándome los ojos, la veo venir hacia mí. Decidida, dispuesta siempre a saltar en marcha.

Me ducha y me lava el pelo, enjabonándolo dos veces. Me dejo hacer. Mientras me visto, baja a La Gallina y sube algo de comer. Devoro el bocadillo en la cocina, y ella se toma un café y vapea. Nunca he tenido más hambre.

—¿Está lejos? —dice, levantándose y tirando el vaso de papel a la basura.

—Suficiente para contarte.

Apuro mi café y tiro también el vaso. Apoyada en la encimera, Rosario me tiende su vapeador. Este más corto y plano, como de bolsillo. Acerco la boca y ella lo coloca entre mis labios, apretando después el botón. Doy una calada mirándola a los ojos negros, y entre nosotros se retuercen las volutas de vapor.

Cojo el abrigo y el móvil del sofá.

—¿Vamos? —le digo.

—¿Y eso? —dice, señalando con los ojos el desorden del salón.

—Cuando vuelva —respondo, y voy al pasillo.

Lo cruzo. Al llegar al final, me paro delante del cuarto del fondo. Agarro el pomo de la puerta y tomo aire.

—Dame un segundo —le digo—. Que cojo una cosa.

El teléfono suena por los altavoces del coche, interrumpiéndonos. Es Germán otra vez.

—¿No lo vas a coger? —dice Rosario.

—Ahora no —contesto—. Cuando paremos le escribo.

Los últimos molinos de viento desaparecen por el retrovisor. Después, abriéndose a ambos lados de la carretera, la llanura. Dorada y roja. Sin bordes, repleta de cielo. Incontestable. Como si el paisaje se hubiera ido purgando de todo lo accesorio, hasta quedarse solo en los colores.

—Entonces —dice Rosario.

—¿Por dónde iba?

—Vuelves de casa de su padre. Con la foto.

—Y me pongo a remover. Ya sabes —le digo—, cosas. Como cuando se te suelta una costra, que tienes que hurgar con el dedo, aunque duela.

—Lo que había por el suelo.

—Sí —le digo—. Y su blog. Hacía años que no leía el blog de Ana.

—¿Tenía un blog?

—Sí. Empezó a escribirlo a los dos meses de perder a la niña.

Mientras atravesamos los campos de cebada le cuento que fue cosa de la psicóloga. Por probar. Porque Ana, por lo visto, no hablaba en terapia. Entonces le pasó otros blogs, para que viera. De madres así, como ella. De bebés estrella.

—¿Bebés estrella?

—Los que solo han vivido en el vientre —le digo—. Y luego, bueno, allá arriba.

Rosario se queda callada.

—Ese era el nombre del blog —añado—: Mi niña estrella.

Durante un rato solo se oyen el motor y la calefacción del coche. Afuera, el asfalto es una recta interminable en la que se van sucediendo espejismos y resaltos.

—¿Paramos? —le digo—. Necesito otro café, y algo para la cabeza.

—Vale —responde—, pero vamos a un bar. Odio las áreas de servicio.

Cogemos la primera salida y aparco en una venta. Para variar en la zona, todo en ella tiene que ver con *El Quijote*. Incluso la fachada está rematada como un molino, con sus aspas. No puedo evitar acordarme de Dante y Germán, y un pinchazo de culpa me atraviesa.

Abro la puerta y nos reciben el murmullo de la clientela y un olor a planchas, mantequilla caliente y tortilla con cebolla. La venta tiene dos zonas, separadas por unas vitrinas llenas de navajas y otros recuerdos típicos. A un lado, la barra con unas pocas mesas; al otro, lo que parece el comedor.

Rosario se para delante de los expositores y se vuelve hacia mí.

—Solo quiero un café —le digo.

—Pues yo un bocadillo, así que vamos a la barra.

Tengo la cabeza como en obras y nos sentamos en el extremo más alejado del ruido de la tragaperras. La camarera nos trae los cafés enseguida, y tarda un poco más con el bocadillo de Rosario.

—¿De qué escribía? —pregunta—. En el blog, quiero decir.

—Pues —le digo, y me callo para pensarlo.

No es fácil.

Aunque me sepa el blog de memoria. Todas las entradas. Pedazos de ella. También de mí. Piezas deslavazadas de un puzle de nosotros.

—Le contaba cosas —respondo al fin, removiendo el café—. A la niña. Cosas pequeñas. Como cuando pintamos el que sería su cuarto.

Con la mirada en la cucharilla dando vueltas, le digo que fue el último fin de semana de diciembre. Casi huelo la pintura. El sábado por la mañana una capa, a la tarde la otra. Y el domingo a montar. La cuna, las cajoneras, la hamaca. Aquellos dos días entre esas paredes recién pintadas de verde. Escuchando a los Sunday Drivers, porque Ana decía que con ellos era como si Eme bailara por dentro.

De repente, mi teléfono suena en la chaqueta. Lo saco y es Dante. Silencio la llamada. Hay varios mensajes de Germán. No los leo, no quiero aparecer en línea, y dejo el móvil sobre la barra.

Luego le sigo contando a Rosario que en el blog también hablaba de cosas grandes.

—De la culpa —le digo—. De su miedo.

—¿A qué? —pregunta.

—A todo.

La muerte de Eme llenó a Ana de un miedo atroz, le explico. Tardó un mes en entrar en la habitación de la niña. Y un mes más en hacerlo sola. Le daba pánico la puerta, verla abierta. Decía que era su otra cicatriz.

Rosario muerde el bocadillo con cuidado, evitando hacer ruido con el pan.

—¿Y la culpa? —dice.

—Eso fue lo peor —le digo, echándome el analgésico a la boca—. Ana tenía unas pesadillas espantosas. Su cuerpo era la tumba de la niña y trataba de desenterrarla con sus propias manos, despedazándose.

Rosario deja el bocadillo en el plato.

—Qué horror —dice—. ¿Cómo te recuperas de eso?

—No te recuperas. Avanzas. Das pasos, como el de entrar en la habitación, pero estás coja para siempre.

Busco a la camarera con la mirada. Con el gesto de llevarme dos dedos a la boca le hago saber que salimos, para que no recoja lo nuestro.

—Por eso Ana se intentó suicidar —le digo.

Me levanto y cojo el móvil. Rosario, en cambio, se queda en el taburete. Atornillada. Camino hacia la puerta y siento la distancia a mis espaldas. Antes de que llegue a la puerta, vuelve a llamar Dante. Silencio el teléfono y lo guardo en la chaqueta. Salgo.

Afuera el tiempo ha cambiado. El aire sacude los macizos de adelfas junto a la carretera y levanta el polvo, haciendo rodar por el suelo los vasos de cartón vacíos que se amontonan, tirados, alrededor de las escaleras de la venta. Olfateo la tarde como un perro y hay algo en ella. En esas nubes, azules y negras, del color de las flores del vestido de Ana. El de la foto aquella en Roma. Ese que llevó tantas veces.

También allí dentro, me digo.

Se lo puso en mi primera visita. Un mes después de que intentara matarse.

Apareció con él en el patio, del brazo de la celadora. Al verla, me dije que esas flores eran lo único que nos quedaba del viaje a Italia. Como cuando el recuerdo de un día en el campo es una flor seca entre las páginas de un libro.

En el patio había un banco vacío. Junto a la buganvilla. La celadora nos acompañó y se fue.

Has visto, me dijo, moviendo las punteras de sus zapatillas de velcro. Aquí no nos dejan llevar cordones.

En cuanto la celadora se alejó, Ana miró a un lado y a otro. Y en voz baja, como en secreto, me dijo:

Ya sé lo que vamos a hacer.

¿Cuándo?

Cuando salga.

¿Sí?

Sí. He pensado que en cuanto salga nos ponemos otra vez.

¿Ponernos?

A buscar, tonto. Y me cogió de las manos.

Otro embarazo.

Pero Ana.

Ya. Puede parecer pronto pero, si lo piensas, ya hace más de dos años. Estaré bien.

No me atreví a decirle nada.

Pasaron dos meses hasta que Ana volvió a ser consciente de que le habían quitado el útero y todo lo demás.

La puerta de la venta se abre a mis espaldas, y el ruido del interior me trae de vuelta a las escaleras, junto a la carretera.

Rosario se para a mi lado. Sus dedos se enredan en mi pelo y se sienta un escalón más abajo, delante de mí. Colocándose entre mis piernas. Yo me echo hacia adelante para que se apoye contra mi pecho, y ella saca el vapeador. Da una calada y me lo pasa. El viento revuelve su pelo en mi cara y deshace la nube de vapor en cuanto sale de su boca. Después se coge una coleta.

Entonces le sigo contando.

La histerectomía de urgencia, la ooforectomía. La menopausia de Ana con treinta y tres años. Mientras vapeamos y el aire eleva una bolsa de plástico y la hace girar entre los coches aparcados, antes de lanzarla a la carretera donde se enreda bajo las ruedas de un camión, alejándose con él.

Cuando termino de decirle, me pongo de pie y le tiendo la mano.

—¿Quieres verla? —le digo.

—¿A quién? —contesta, levantándose del escalón.

—A Ana.

Me mira como si fuera lo último que esperaba oír.

—Me encantaría.

—Mejor dentro —le digo, abriendo la puerta de la venta y mirando al cielo una vez más—. No me gustan esas nubes.

La venta se ha vaciado en este rato, sin darme cuenta de que la gente salía y bajaba las escaleras a nuestro lado para marcharse. Es esa hora de tregua, cuando los camareros comen y los cocineros salen a fumar. La mujer de antes nos pone otros dos americanos, me pregunta si quiero algo más y se marcha a recalentar el bocadillo de Rosario.

Del bolsillo interior de la chaqueta saco una fotografía.

—La encontré anoche en casa —le digo—. Es del día que nos casamos.

—¿Otra pelirroja? —dice, mirándola—. Parece una costumbre.

Sonrío.

—Era guapa.

—Otra costumbre —le digo.

Ahora es ella quien sonríe y se me hace raro el flirteo, con Ana presente.

—Una polaroid —dice, volviendo a la imagen de Ana y yo sentados en aquel restaurante—. No parece una foto de boda.

—Es que no lo es.

—¿Pero no has dicho...?

—Sí —la interrumpo—, pero no fue una boda.

Le explico que nos casamos porque es más fácil adoptar en algunos países. No invitamos a nadie de la familia. Ni siquiera a nuestros padres. Tan solo a Dante y a Marta, y porque hacían falta dos testigos.

—¿Ese es Dante? —pregunta, señalándolo a mi derecha.

Me fijo en él y sí, supongo que cuesta reconocerlo si solo lo has visto ahora: agachado junto a mi silla, con ese traje azul, sonriente. Rodeándome con el brazo y pesando quince kilos más.

—Ana odiaba esta foto —le digo—. Decía que ellos parecen los novios.

Y es verdad. Estaban radiantes, coloridos, como en flor. Yo de gris, Ana de negro, el pelo rojo recogido. Encorvados en las sillas, mustios. Ellos retrato, nosotros bodegón.

Rosario coge la fotografía de entre mis dedos, se la acerca y mira a Ana.

—Son sus ojos —dice.

Le digo que sí, que lo son. Porque ese es el asunto de la foto. Los ojos de Ana.

Dante, Marta y yo miramos a cámara, pero ella no. Ana está mirando a la derecha. Fijamente, fuera de plano.

—¿Qué miraba? —pregunta Rosario.

—A una mujer —le digo—. Una mujer que se puso a dar el pecho a su bebé en la mesa de al lado.

Entonces me detengo también en la foto. Un instante. En los ojos de Ana, en su mirada incalculable. La de quien tiene el abismo delante.

El ruido de la lanceta de la cafetera me trae de regreso a la barra. Apuro el americano y Rosario aparta definitivamente el plato con el bocadillo. La siento bordear las palabras con los labios, sin atreverse a preguntar.

—Nunca llegamos a adoptar —le digo—. No nos consideraron aptos.

—¿Por qué?

—Lo llamaron «ausencia de motivación adecuada».

—No entiendo —dice.

Cojo la foto de sus manos y la guardo en el bolsillo de mi chaqueta.

—Decían que Ana no había superado lo de la niña —le explico—, y quería adoptar para llenar el vacío.

—Qué espanto —dice—. ¿Y qué hicisteis?

—Nada —le digo.

—¿Cómo que nada? ¿Por qué?

Con un gesto de la mano pido la cuenta a la camarera. Después apuro el café.

—Porque tenían razón.

17

Viernes todavía

—¿Lo estás leyendo? —pregunto a Rosario, pegada al móvil; callada desde que salimos de la venta.

—Perdona —dice, bajando la pantalla—. No he podido evitarlo.

Unos treinta kilómetros después, la vía del tren se acerca a la autopista y el asfalto y los raíles comienzan su cortejo. Arrimando y alejando sus trayectos, como peces que se retan en las rectas y se buscan en las curvas.

—«Cómo ha podido olvidarse de ti» —lee.

—Siete de febrero de 2010 —le digo—. La última entrada del blog.

Rosario se recoloca en su asiento. La noto girarse, mirarme.

—Se refiere a mí —le digo.

Sin levantar la vista del asfalto le cuento que era domingo. Que Ana y yo cogimos el coche y fuimos a Altea, y que hacía bueno y subimos a la parte alta de la ciudad. Allí comimos en una terraza con estufas, junto a la iglesia. Estuvimos en silencio, porque nosotros entonces vivíamos callados. Pero ese día, incluso en aquel no decirnos nada, había algo. Algo diferente. En ella, como un evitarme. Un no querer que se cruzaran nuestros ojos. En el postre no pude más y se lo dije.

Si le pasaba algo.

Ana no tuvo que decir nada para que me diera cuenta. Solo mirarme. Desde aquel abandono.

—¿Pero por qué? —pregunta Rosario—. ¿Qué pasó?

—Pasó que ese día se cumplían dos años de la muerte de Eme —le digo—. Y yo no me acordé.

Rosario se repliega en el asiento del copiloto y no dice nada durante un rato. El silencio parece aplastar el coche como en un desguace. Los cristales se van empañando y bajo un poco la ventanilla. Mis oídos se destaponan y el frío sacude el habitáculo.

—¿Tú crees que todo habría sido distinto? —dice—. Si la hubieras visto en el hospital.

—Sí —contesto—. Ahora sé que sí.

—¿Ahora?

—Después de verle la cara en la foto —le digo—, ya no tengo ninguna duda.

Un camión nos adelanta tocando el claxon y el coche da un bandazo. Agarro fuerte el volante, enderezo la trayectoria y miro el velocímetro. Voy a setenta.

—No tienes que seguir si no quieres —le digo a Rosario, bajando a cuarta para coger potencia—. Puedo dar la vuelta.

Ella agarra el vapeador, que está conectado al USB del coche. Lo desenchufa, da una calada y me lo pasa.

—Anda, písale —dice—. O no llegamos.

Tomás tenía razón.

La tumba no tiene pérdida. Teresa la sepulturera, tampoco.

Ana está enterrada bajo el único alcornoque del cementerio del pueblo de su familia. La redondez de ese árbol rompe la formación militar de los cipreses que flanquean el pasillo central, desde el portón de entrada hasta los nichos del fondo. El sol está bajo y las lápidas y cruces tienen un brillo dorado. Junto a la tumba, y haciéndose sombra en los ojos con la mano, me espera la enterradora.

A Teresa, según Tomás, le dicen la Grúa. Por su tamaño y por el mono amarillo que se pone para trabajar. Y tal cual, porque esa mujer, pese a ser una anciana, es una mole. Incluso al lado del alcornoque se la ve enorme, la espalda como el tronco. Todo en ella es robusto, menos los cabellos, ralos y blancos, que contrastan con la piel renegrida del sol.

Me acerco a ella y reparo en el chaval que hay unos metros más allá. Está sentado en una de las tumbas, el pelo largo y negro sobre la cara. Lleva puesto un chándal de tactel verde y juega con un pico apoyado en el suelo, haciendo girar el mango con unas manos enormes manchadas de cemento reseco. Pese a su cara de crío, viendo lo que abulta es fácil imaginar el parentesco de ambos.

—Llega tarde —dice la Grúa.

Le pido disculpas y me invento un excusa absurda.

—Todo eso está muy bien —dice—, pero yo no sé hasta qué punto usted sabe que esto no es legal. ¿Verdad, Ginés?

El que supongo su nieto se pone de pie ayudándose del pico, y todo a su alrededor se empequeñece de pronto. Hasta su abuela. Ginés da dos pasos hacia nosotros y se detiene, manteniendo la distancia.

—Artículos 18, 22 y 30, letra a, de la ordenanza reguladora del cementerio municipal —dice despacio, como recitando—. Por no hablar del Reglamento de Policía Sanitaria Mortuoria.

—De pequeño no hablaba, ¿sabe? —me dice Teresa—. Se quedaba mirando y ya. La gente le decía a mi hija, que en paz descanse, que le había salido tontico. Yo sabía que no. Lo que pasa es que el crío se fijaba mucho.

—Lo tengo claro —le digo.

—¿Que se fijaba mucho?

—No. Que lo que vamos a hacer está prohibido.

—Ya —dice Teresa—. Pues espero que también tenga claro que solo lo hago porque me lo ha pedido Tomás.

—Descuide.

—Que antes que yo —sigue diciendo—, este trabajo fue de mi padre. Y antes, de mi abuela Carmen. La primera mujer sepulturera de España. Y no me perdonaría perderlo sin que mi chiquillo esté listo. ¿Estamos?

—Estamos.

—Pues si le digo a Tomás a una hora, me viene usted a esa hora. No veinte minutos después.

Ginés me mira sin pestañear. Me pregunto si va a hablar o es que se está fijando.

—Lo siento —le digo a Teresa.

—No lo sienta —dice—, ni me dé las gracias. Deme las cenizas —añade, mirando la urna en mis manos.

—Prefiero hacerlo yo —le digo, y sin querer la pego a mi pecho—. Si no le importa.

La Grúa se sacude las inmensas manos, y de ellas salta una nube de polvo de cemento. El viento cimbrea los cipreses y agita las bellotas del alcornoque, haciéndolas sonar.

—Como quiera —dice, apartándose de la tumba.

La rodeo por detrás y veo que está abierta, la enorme losa apoyada en la contigua. Delante de la lápida se acumulan un montón de flores a medio secar. Deben de ser del entierro de la madre de Ana, hace apenas dos semanas. Entonces, me digo, igual tenemos un problema. Me asomo y a la tumba, y efectivamente.

—¿Pasa algo? —pregunta Teresa.

—Están enterradas juntas —le digo.

La sepulturera mira a la tumba abierta a mis pies. El ataúd de la madre de Ana se ve muy reciente y queda casi al ras del sepulcro.

—Claro —dice—. Si pasan menos de dos años entre las muertes, no podemos reducir los restos enterrados primero, y se pone el ataúd encima. ¿Verdad, Ginés?

El chaval tarda un par de segundos en regresar de donde tuviera la cabeza.

—Artículo 17, párrafo primero, de la ordenanza reguladora del cementerio municipal —dice—. Por no hablar del Reglamento de Policía Sanitaria Mortuoria.

—¿Supone algún problema? —pregunta Teresa.

Vuelvo a asomarme. Ana está debajo. Si esparzo las cenizas, quedarán sobre el ataúd de su madre. Y la urna tampoco puedo dejarla, porque no cabe por arriba ni por los lados. Vamos, que no hay sitio. Joder.

El viento se detiene y un ave se posa en la cruz de una tumba aledaña. Parece una collalba, como las de casa de Dante, pero más pequeña. Pocos segundos después, otro pájaro idéntico hace lo mismo y juntos emprenden el vuelo, cruzándose sucesivamente hasta que se pierden por el muro del cementerio. Más allá, la última luz del día se resiste a caer, como agarrándose con los dedos a la silueta rugosa de los cerros.

—No pasa nada —le digo a Teresa—. Las esparciré tal cual.

Al fin y al cabo, la madre de Ana cuidó de sus restos durante casi diez años, y eso ya es más, me digo, de lo que yo hice durante ese tiempo.

—Tómese el tiempo que necesite —dice la Grúa.

Con la cabeza hace un gesto a su nieto para que la acompañe. El chaval tarda, pero obedece.

—¿Y las prisas? —pregunto a Teresa.

—No se preocupe —responde—. La ordenanza no dice nada sobre eso. ¿Verdad, Ginés?

El chico se queda mirando a su abuela con el ceño fruncido, como repasando.

—Por no hablar —les digo— del Reglamento de Policía Sanitaria Mortuoria.

Teresa sonríe sin despegar los labios y por un instante se estiran las arrugas alrededor de su boca. Luego se vuelve hacia la calle principal del cementerio. Su nieto la sigue a un par de metros, arrastrando el pico y dejando tras de sí un surco en la tierra del camino.

El viento, ya helado sin el sol, vuelve a sacudir los árboles, y yo echo de menos el abrigo que he dejado en el coche.

Regreso a la tumba. Huele a charco y a sombra. Y a esto otro al final, que no sé qué es. Entre picante y dulzón. Un olor que va cambiando, casi orgánico y que prefiero no pensar de dónde viene. Sobre la tapa del ataúd de la madre de Ana hay un puñado de tierra, el cristo dorado en el centro. Me pregunto si la esparciría Tomás. Si lo haría también cuando enterraron a Ana o si entonces lo hizo su madre, enlutada de la cabeza a los pies como cuando me dio las cenizas de mi hija, y me vienen a la cabeza las suelas de sus zapatos, llenas de las flores aplastadas de los jacarandás.

Apoyo la urna en mi estómago y desenrosco la tapa. La abro, tirando de lo que simula ser el pábilo de una vela, cuyo cuerpo cilíndrico contiene los restos. Miro dentro y me doy cuenta de que nunca desde que las tengo he tocado las cenizas. Las he abierto, las he mirado, incluso las he olido, pero nada más. Siempre a distancia. De ella, también de Ana. Incapaz de acercarme. Igual que en el hospital.

Ahueco entonces la mano derecha y me agacho, protegiéndonos del viento que agita sin descanso las ramas de los árboles. Con la otra mano, despacio, voy inclinando la urna sobre la palma, hasta que caen unas pocas cenizas.

Pesan más de lo que esperaba, y son más oscuras. Más granuladas. Como menos ceniza y más arena. Una arena gruesa, uniforme y gris.

Con cuidado muevo las puntas de los dedos. Las cenizas se revuelven entre los pliegues de la palma y siento los restos en la piel. Activando la única memoria que me queda, la del tacto.

Giro después la mano y las dejo caer sobre el ataúd de la madre de Ana. Las cenizas se mezclan con la tierra que hay encima. Esa que imagino que esparció Tomás hace unos días. Como juntándonos de alguna manera, sobre las mujeres de nuestras vidas.

Vuelco el resto de las cenizas en la tumba y tapo la urna. Al ponerme de pie siento el crujido de la rodilla operada y el aire me revuelve el pelo. Las escasas farolas del cementerio se encienden, haciendo brillar la humedad que cubre las lápidas y cruces. Ver el frío a mi alrededor me hace temblar y agarro la urna, apretándola contra mí.

Entonces se me ocurre.

Dejo la urna en el suelo y saco el móvil del bolsillo del pantalón. Abro el chat con Ana. Subo una vez más por mis audios y viéndolos así, amontonados en mi lado de la conversación desde que murió, enviados sin entregar, suspendidos, pienso que este chat es también un intervalo sin cerrar. El mío con Ana. Lo que queda entre nosotros, entre la muerte y el duelo.

Vuelvo a bajar con el dedo por la pantalla y toco abajo, a la izquierda.

Se abre el menú y entro en descargas.

Selecciono el archivo más reciente: 07022008.jpg.

Enviar.

En el chat aparece la foto de Eme.

Así, como dormida.

Tengo tanto frío en los dedos que me cuesta escribirle a Tomás. Recuerdos de Teresa, gracias de mi parte. Luego llamo a Germán. Después, guardo el teléfono en el bolsillo y acelero el paso para salir del cementerio.

La luz interior del coche es la única en todo el aparcamiento. El contacto está puesto, los cristales empañados. Suena música dentro, amortiguada por las puertas cerradas. Abro y el calor de la calefacción me golpea. Rosario está en la parte de atrás, las piernas estiradas. Reconozco la canción al instante, y algo dentro de mí da un vuelco y lo siento caer.

Es *Behind the Pose*, de Second.

—Si quieres la quito —dice Rosario al verme la cara—. El cedé estaba en la guantera.

—Déjala —le digo, luego de unos segundos—. Es solo que hacía tiempo que no la escuchaba.

Me siento al volante y dejo la urna en el asiento del copiloto. Después busco en el retrovisor los ojos de Rosario.

—¿Quieres hablar? —pregunta desde el espejo.

No contesto. En lugar de eso, giro la llave hasta el final y arranco.

Rosario abre la puerta para venir a la parte de delante. Mientras enciendo las luces de carretera y pongo el móvil en el soporte.

—¿Por qué no siguió? —dice, pero su voz no suena a mi lado.

Me vuelvo y Rosario sigue en el asiento de atrás, la puerta abierta; el frío entrando por ella.

—Dímelo. ¿Por qué Ana no escribió más en el blog?

Quito el contacto y el motor se para, apagando la calefacción y las luces, también la canción. Todo desaparece de pronto, menos los ojos de Rosario en el espejo.

—«Cómo ha podido olvidarse de ti» —le digo—. ¿Recuerdas?

—Su última entrada.

—Ana la escribió al volver de Altea —le explico—. Luego se intentó suicidar.

Rosario no contesta. Arranco de nuevo y se enciende todo. Poco después se reanuda la canción.

It wouldn't be the same without your presence.

I don't really want to be without your presence.

Cause I'm used to... I'm used to you, and I can't stop.

La mirada de Rosario se queda clavada en el retrovisor hasta que termina de sonar. Entonces sale del coche. Lo rodea, abre la puerta de copiloto y cojo la urna para que se siente, guardándola conmigo.

Doy marcha atrás. Mientras maniobro, las luces traseras del coche van alumbrando de rojo y de blanco la puerta del cementerio. Teresa está echando la cadena y pone el candado. A su lado, Ginés se despide con la mano y todo cuanto hay allí se va haciendo cada vez más pequeño en el retrovisor, hasta que se pierde en la oscuridad.

Viajamos en silencio. No hay coches por la nacional, ni apenas curvas. El viento se ha llevado todas las nubes y el cielo es un planetario. Las viñas, iluminadas por la luna, se alzan en los campos como manos retorcidas que quisieran coger las estrellas.

Al cabo de un rato, el navegador avisa para tomar la autovía.

—¿Y con Dante? —dice Rosario—. ¿Qué vas a hacer?

—Todavía no lo sé —contesto.

Pongo el intermitente y durante unos segundos solo se oye su sonido entrecortado.

—Bueno —dice—. Tenemos toda la vuelta.

LA REFORMA IMPREVISTA
26 enero, 2009
Publicado por 4N4

———

La psicóloga me ha dicho que te escriba un poema. *Dentro de poco se cumple un año, y dice que es una buena forma de saber en qué punto estoy. Cómo llevo el duelo. Yo no sé cómo lo llevo, pero siento que me ha ayudado a encontrar tu lugar dentro de mí. Tu sitio.*
Así que bien, supongo.
Espero que te guste, mi niña estrella:

Está vacío aquí fuera.
Pasa, hace bueno aquí dentro.
Perdona el desorden, aún
huele a pintura aquí dentro.
Tras la reforma imprevista.
Aprisa, sin planos ni proyecto.
Abajo tabiques aquí dentro.
Desmontando órganos,
arrancando arterias.
Desescombrándome.
Haciendo diáfano aquí dentro.
No hay luz aún, la pondré
—lo prometo—, por si acaso

el miedo aquí dentro.
Aquí fuera vacía una cuna.
Pasa, tu cuna aquí dentro.

18

Sábado

—¿Pero tú no lo habías dejado? —dice Germán, apoyado en la columna del porche.

—Pues mira —le digo, y doy una calada al vapeador.

—Encima huele a fresa —ríe—. Toma, anda. Por lo menos ten dignidad.

Saca un cigarro del paquete y me lo tiende.

Guardo el vapeador. Agarro el pitillo y me lo llevo a la boca. Germán coge otro. Se lo enciende, suelta el humo por la nariz y me mira.

—Ah, sí —dice, dándose cuenta.

Enciende su mechero y me lo acerca.

La primera calada me sabe a rayos. Con la segunda estoy a punto de apagarlo, pero no lo hago. Me ofrece el paquete. Tiene más en la bolsa. Cojo un cigarro para luego y se lo devuelvo.

—Mira —me dice, guardando la cajetilla en la chaqueta—, no sé qué habrá pasado entre vosotros, pero tenéis que arreglarlo.

Le pregunto si Dante está mosqueado. Me dice que más que mosqueado, está jodido.

—Pensaba que ya no vendrías hoy —añade—. Y tú lo sabes. Se pasa la semana esperando a que llegue el sábado.

Los perros de Germán saben que se va y le buscan las manos con el hocico. Él se queja, pero acaba acariciándolos a ambos, tumbados panza arriba.

—Bueno, *xiquet* —me dice, dejando a los animales y respirando por la boca—. Me voy. ¿Te importa que mañana vuelva más tarde?

Le respondo que no, que vaya tranquilo, que mañana no tengo nada.

Apaga el cigarro en el cenicero del porche y entra en la casa.

—*M'en vaig, xiquet* —le oigo decir en voz alta, para que Dante lo escuche desde arriba.

Mientras suenan armarios y puertas por toda la planta baja, Germán le va diciendo a su hijo que haga el favor, que si nota algo raro en la silla me lo diga: un ruido, un tironeo, *qualsevol cosa*; que todavía le dura el susto del domingo pasado.

Un par de minutos después aparece de nuevo en el porche, boqueando. Deja sus cosas en el suelo y se enciende otro cigarro.

—Los del seguro dicen que esta semana traen la mampara. Qué susto, joder —dice—. Por cierto, no me ha dado tiempo a lavarle el pelo. Tú te encargas.

Sin tiempo para contestarle, agarra la bolsa, cruza el jardín con el pitillo en los labios y sale por la puerta, dejando tras de sí un revuelo de humo y perros lloriqueando. Mientras el humo se disipa por donde ha pasado, pienso que Germán ya no me parece un bóxer. Es un colibrí, me digo. Que sabes que vuela porque está ahí, parado en el aire, pero nunca le ves las alas de tan rápido que las mueve.

Los perros se dan la vuelta, rodean la piscina cubierta con la lona y se pierden por el fondo del jardín, en dirección a la parte trasera de la parcela.

Doy una última calada.

Apago el cigarro aplastando la colilla en el cenicero y me asquea el olor que se me queda en los dedos.

Cojo las cosas, respiro hondo y entro en la casa.

—¿El agua bien? —le pregunto, mojándole la cabeza con la alcachofa de la ducha.

Dante hace un ruido que podría ser de aprobación.

—¿Tampoco me vas a hablar mientras te lavo el pelo?

No contesta y le digo al altavoz que ponga Hermanos Gutiérrez.

—Alexa, para —dice Dante, en cuanto suenan dos acordes.

El altavoz se calla y en el baño solo se oye el correr del agua por el lavacabezas.

—Hoy no —zanja, mirándome desde abajo. Luego cierra los ojos.

Poco a poco, el olor del champú lo va impregnando todo. Mientras mis dedos se entrelazan con sus cabellos, trato de recordar el nombre de eso a lo que huele, esta mezcla de mandarina y limón. No lo consigo y empiezo a enjuagarle el pelo, retirando el jabón con la otra mano. Desde las raíces de la frente y las sienes hasta las puntas sumergidas en el agua del fondo.

—¿Yo te he hablado alguna vez del Iribar? —me dice.

—¿El portero de fútbol? —le pregunto.

—Casi.

Entonces, mientras le voy aclarando, Dante me cuenta que el Iribar era uno del pueblo de su padre. Un tipo ya mayor.

—De cuando alguien como yo —dice— era un lisiado, un subnormal o las dos cosas.

El caso, me sigue contando, es que el Iribar pilló el sarampión de crío. Y el sarampión, por lo visto, se complicó como se complicaba entonces, antes de la vacuna. Acabó en encefalitis y la encefalitis, en hemiplejia. Un drama.

—Total —dice—, que al Iribar se le quedó la cabeza regular y un brazo así, como a mí, que parezco una jarra. Lo que pasaba con el Iribar es que, si no hablaba, no te dabas cuenta de que estaba mal, salvo por el brazo. Así que sus padres hicieron lo que se hacía entonces.

—El qué.

—Disimularlo —dice, mirándome desde el lavacabezas—. ¿A que no sabes cómo?

Cierro el grifo y le escurro el pelo.

—Poniéndole un balón —dice.

—Cómo un balón.

—Lo que oyes. Entre el brazo y el costado —me explica—, encajado en el hueco. Un balón bueno, ¿eh? De reglamento. Como a los porteros de la tele cuando se hacen la foto, le decían. Y lo sacaban así, al Iribar.

Aparto el lavacabezas. Retiro a Dante los algodones de los oídos y me quito los guantes. Cojo la toalla doblada de encima del lavabo y le voy secando el pelo desde atrás.

Dante recuerda ver al Iribar todos los veranos, desde que iba al pueblo de pequeño. Llegaba con sus primos a la plaza después de comer y él ya estaba sentado. Con su balón y su gorra. Siempre en el mismo banco, bajo las moreras. Durante muchos años con sus padres. Luego con la madre. Haciéndose viejos, el balón y él. Y allí siguió sentándose, me cuenta, hasta que un verano el Iribar dejó de ir a la plaza, y en su banco solo se sentó ya la madre.

Cuando termino de secarle, giro la silla de ruedas para peinarle frente al espejo. Le marco la raya a la izquierda y con las púas del peine voy separando el pelo hacia los lados.

—Pol —me dice, sus ojos verdes en el reflejo—, yo quiero hacer como el Iribar. Y dejar de ir a la plaza.

Recojo el baño y salimos a la terraza. Ya no hace viento. Es una de esas tardes de finales de febrero, luminosas y azules, en las que el invierno parece recordar de pronto cómo se hace la primavera y la sierra se va llenando de un alboroto de zumbidos, cantos y colores resplandecientes.

A nuestro paso, las ruedas de la silla hacen crujir en el suelo las agujas secas del pino. Dejo a Dante junto al cristal de la barandilla, en el escaso sol que nos queda. Huele a su champú y al aceite de almendras dulces, y me siento a su lado a ver pasar las collalbas. Las mismas collalbas que él me ha enseñado a identificar por las plumas de sus colas, negras y blancas. Nos quedamos así hasta que la tarde se traga la sierra y el aire comienza a bajar frío.

—Deberías llamar a tu padre —le digo.

Dante guarda silencio unos instantes.

—No hace falta —responde al fin—. Ya me he despedido de él.

—Entonces —le digo, levantándome a por las cosas—, supongo que está todo.

19

Domingo

Doy un sorbo al café y abro una de las ventanas de la terraza. El aire en el pelo húmedo me eriza la piel y me arrebujo en la toalla alrededor de los hombros. Dejo la taza en la mesa, cojo el vapeador y me asomo, apoyado en el marco. Marzo se intuye en la luz y en los reflejos dorados del mar de mediodía, donde una docena de tablas de pádel surf aprovechan la calma del agua. Más allá, del otro lado de la bahía, la ciudad refulge bajo el vuelo de las gaviotas, que planean entre el castillo y los barcos amarrados en el puerto. Vapeo un par de veces. Una ligera brisa se levanta y entra por la ventana, trayendo de regreso la bocanada blanca y con ella el olor a fresa de Rosario, mezclado con algas y sal.

Cierro el cristal y entro. Llevo la taza al fregadero y me termino de secar el pelo en el baño.

Del armario saco el traje negro. También una camisa blanca y la corbata negra. Me visto, hago el nudo y lo ajusto delante del espejo. Todavía parezco un escombro, me digo a la cara, pero al menos hoy nadie se preguntará por qué.

Voy al salón a por el abrigo. En la mesa de centro está la urna. Olvidé guardarla al llegar del cementerio.

La cojo y salgo al pasillo. Se me hace raro que pese menos. Al llegar a la puerta de la habitación del fondo me detengo, esperando sentir el frío de siempre, el aliento de la casa. Nada de eso sucede. Sujetando la urna con una mano, agarro el pomo. Abro la puerta, tanteo con los dedos por dentro hasta dar con el interruptor y enciendo la luz, que alumbra las paredes verdes del cuarto.

Paso entre las cajas y dejo la urna encima de la cómoda. En su sitio.

Entonces, subo la persiana.

AGRADECIMIENTOS

A mis padres, por criarme así, entre pinceles y piedras. Esta cosa del crear os la debo.

A Ginés Sánchez, por traerme hasta acá. Sin ti, güey, no habría acá.

A Mahn, Leo y Cristina, por las herramientas.

A Aarón, Isa, Míguel, María y Javi, por acompañarme.

A Laura, Diego, Sol, Elena, Iñaki, Olga, Mirella, María, Elisa y Yayo, por leerla antes que nadie.

A Laura Cruz y David Compañ, por ayudarme en eso que hablamos.

Y a Miriam, por el amor y la fe. Y por todo lo que ya sabes. Solo tú puedes estar en la dedicatoria y el agradecimiento de esta novela. Ahora sé que la he escrito para decirte cosas que no fui capaz de otra manera.

El intervalo se terminó de imprimir y encuadernar el 26 de septiembre de 2025, veintiocho años después de que Eusebio Poncela interpretara al excéntrico escritor Dante en *Martín (Hache)*.